KB032093

아현의 작동 방식

아현의 작동방식

박한선 지음

씨드북

✨ 차례 ✨

1

아현은 몸을 웅크리면 자기가 눈에 안 띄는 줄 안다

담임이 모두 모이라고 외쳤다. 재난 훈련 상황 때처럼 각양각색의 우비를 입은 아이들이 순서대로 모였다. 현장 학습 날에도 여전히 비는 쏟아지고 있었다. 오늘 견학하기로 한 충청북도 재난안전본부와 부속 연구소 앞에서 오아현은 못마땅한 기색이 역력했다. 본부 건물 뒤로 보이는 메카닉 격납고에 갈 수 없다는 걸 알았기 때문이다. 담임이 버스에서 내리자마자 나눠 준 시간표를 아무리 살펴봐도 메카닉 격납고에 들어가는 시간은 없었다. 오랜만에 부풀었던 아현의 기대감이 푹 꺼졌다.

'카이저를 볼 수 없다니.'

"점심시간이 왜 이렇게 짧아? 어디 가지도 못하고 구내식당에 모여서 먹어야 하네."

아현의 옆에서 주다인이 툴툴거렸다. 늘 그렇듯 노란 우비를 입은 다인은 아현에게 꼭 유치원생처럼 보였다.

"어때? 이런 데서 나오는 밥은 맛있어? 하긴 너한테 뭐가 맛있겠냐마는."

다인이 아현에게 물었다. 아현은 어깨를 으쓱했다.

"알잖아. 못 먹어 본 거."

"야, 그게 아니라. 사관 학교 밥은 조종사 밥 아니냐? 아니……. 그래, 미안하다."

금세 풀이 죽는 다인을 보고 아현은 기분이 좀 풀리는 걸 느꼈다. 아현의 가슴께 정도밖에 오지 않는 다인의 머리를 쓰다듬고 싶었지만, 다인은 아현이 자신을 애 취급할 때마다 격렬히 화를 냈다. 아현의 어깨까지만큼만 크고 싶다는 다인은 늘 뭔가를 먹고 있었는데, 지금도 재난 가방에서 꺼낸 게 분명한 비스킷을 오물거리고 있었다.

걸걸한 헛기침 소리가 들렸다. 밤마다 뭘 하는지 늘 사흘은 안 잔 사람 얼굴인 담임이 뭔가를 말하려고 하고 있었다. 아현은 놓치지 않고 담임의 말이 시작되기 전에 손을 들었다. 담임은 고개만 까딱해 말해 보라는 신호를 보냈다.

"여기까지 왔는데 메카닉을 보는 시간이 없어서요."

담임은 하품을 늘어지게 하더니, 눈썹을 올려 '그런 걸 왜 묻냐?' 하는 표정을 지었다. 아현은 화가 치미는 걸 꾹 참고 다시 한번 말했다.

"여기까지 왔으면 그래도 메카닉을 가까이에서 봐야 하는 거 아닌가요?"

"아현아, 여기까지 버스로 15분 걸린다. '여기까지'는 무슨. 그리고 왜 메카닉 타령이야. 어차피 이제 다 그만뒀잖아. 미련이 남았어? 그리고 시간표를 선생님이 짠 게 아니에요. 여기 재난본부에서 고지한 대로 할 수밖에 없어. 너희가 선생님의 고됨과 어려움을 아니? 내가 여기 오는 데 얼마나……."

아현은 눈을 감고 심호흡을 했다. 담임의 말을 흘려보내려면 꼭 필요한 행동이었다. 한 번, 두 번, 세 번. 심호흡을 하던 아현이 눈을 떴다.

'못 참겠는데? 왜 담임은 맨날 나한테 지랄이지?'

"어어, 하지 마."

눈치챈 다인이 옆에서 말했지만 아현을 말리지 못했다. 차마 선생님께 들려드리기엔 버릇없는 소리가 아현의 목구멍 바깥으로 나오기 직전, 연구소 건물 안에서 누군가 걸어 나왔다.

"여러분, 반가워요."

알이 두꺼운 안경을 쓰고, 어깨까지 기른 머리는 잔뜩 기름져 있었다. 담임이 사흘이라면, 이쪽은 보름 정도는 잠을 안 잔 얼굴이었다. 구부정한 자세를 하고 있었지만, 키가 컸다. 아마 제대로 선다면 자신보다도 클 것 같다고 아현은 생각했다.

"사다리 타기에서 숫자를 잘못 골라서 여러분을 인솔하게 된 유우정…… 그냥 유 박사라고 불러 주세요. 이제부터 제가 여러분을 데리고 본부와 연구소에 대한 전체적인 안내를 해 드릴 겁니다."

"사다리 타기래. 난 저런 농담이 좋더라."

다인이 까르르 웃음을 터뜨렸지만 아현의 눈에는 전혀 농담 같아 보이지 않았다. 담임이 유 박사에게 다가가 대화를 나눴다. 뭐라고 하는지는 우비로 덮인 아현의 귀엔 들리지 않았다. 곧 유 박사가 고개를 끄덕였고, 담임은 연구소 건물 안으로 들어갔다. 유 박사는 간신히 뜨고 있는 것 같은 눈으로 아현이 서 있는 쪽을 쭉 훑어보았다.

"선생님께서 제 지도에 꼭 따라 달라고 하시네요. 허튼짓하면 벌점에 교내 봉사가 있다고 하니, 여러분은 유의해 주세요."

"담임은 뭐 하고?"

입안 가득 비스킷을 넣은 다인이 우물거리며 말했다.

"너무 오래 밖에 서 있게 했네요. 우리도 들어갑시다."

유 박사가 먼저 뒤돌아 연구소 안으로 들어갔다. 아이들도 따라 들어가 출입문 옆에 비치된 건조기에 차례차례 자신의 우비를 넣었다. 아현은 평소보다 한층 더 구불구불한 다인의 머리카락을 만지작거리며 주변을 살폈다. 연구소는 아현의 생각보다 크고 밝았다. 대중에게 개방된 곳이라 그런지 연구소라기보다는 박물관이나 미술관 같았다.

"전시회 온 것 같죠? 여기는 여러분처럼 견학 온 사람들에게 기후 위기와 메카닉의 효용성, 조종사들의 필요성…… 같은 것을 설명하기 위해 만들어진 공간입니다. 흔히들 생각하는 연구는, 봤다시피 본부 건물 뒤편에 있는 메카닉 격납고에서 주로 이루어집니다. 자, 일단 걸으면서 설명할게요."

아현을 포함한 아이들이 한숨을 쉬었다. 입구에서 조금 들어가 복도를 돌자 벽면에 사진과 영상들이 떠 있었다. 하나같이 공익 광고 같았다. 메카닉은 뻣뻣하게 움직였고, 인터뷰하는 조종사의 표정은 사랑니를 뽑기 위해 안면 마취를 시켜 놓은 것처럼 보였다. 게다가 유 박사의 나른한 목소리까지…….

"우선 메카닉의 역사에 대해 설명할게요."

아이들의 야유가 터져 나왔다. 그때 복도 옆 화장실에서 담임이 나왔다. 바지춤에 셔츠가 엉망으로 삐져나와 있었다.

"설마 여태 싼 건가?" 다인이 얼굴을 찌푸리며 중얼거렸다. 담임이 주먹으로 벽을 쿵쿵 치며 말했다.

"고2씩이나 돼서 이놈들이 뭐 하는 거야? 벌점 받고 싶……!"

"조금 조용히 해 주셔야 합니다. 아무래도 연구실까

지 들릴 것 같아서요."

흥분하는 담임을 유 박사가 조용히 시켰다. 담임은 얼굴이 새빨개진 채 헛기침을 하더니 조용히 아이들의 뒤에 섰다. 유 박사는 안경을 벗고 눈을 비비다가 어느 정도 주위가 조용해지자 다시 설명을 시작했다.

"기계가 재난 구호 현장에 쓰인 건 정말 오래된 일이죠. 단순히 굴삭기나 인간의 몸에 장착하는 신체 강화 장치 등을 포함하면 그 기간은 더욱 길 겁니다. 하지만 지금 우리가 메카닉이라 부르는, 5미터 이상의 크기를 가진 인간 형태의 기계가 등장한 건 그 역사가 10여 년 정도로 짧습니다. 물론 여러분에겐 인생 절반 이상의 시간이지만요."

아현의 머릿속에 4년 전의 기억들이 샘솟았다. 유 박사의 설명은 아현이 사관 학교에서 시험을 치르기 위해 달달 외웠던 내용들이었다. 기후 변화로 인해 끊이지 않고 계속되는 자연재해. 재해로부터 사람들을 보호하고 피해를 복구하기 위해 단순한 명령을 시행하던 로봇의 등장. 그런 로봇보다 더 강하고 정교한 기능이 필요해 등장한 '메카닉'. 메카닉의 초기 모델은 조종사가 직접 탑승하는 형태가 아니었다. 하지만…….

“지금과 같은 메카닉의 등장은 두 가지 기술의 발전으로 가능했습니다. 거대한 기계를 움직이게 할 효율적인 배터리, 그리고 인간 모습을 본뜬 복잡한 기계를 손가락 하나까지 자유롭고 섬세하게 조작할 수 있는 신경 연결 기술.”

유 박사는 거기까지 말하고 입을 다물었다. 아이들은 어느새 유 박사처럼 눈이 반쯤 감겨 있었다. 잠시 뒤에 유 박사가 쩝, 입맛을 다셨다.

“이게 얼마나 큰 기술의 발전인지 알면 박수갈채가 쏟아져야 하는데, 아쉽네요.”

아현은 슬쩍 목뒤에 있는 콘센트에 손을 갖다 댔다. ‘신경 연결 기술’. 기계와 인간을 ‘플러그’라 불리는 선으로 연결하여 인간의 뇌에서 발생하는 전기 신호를 분석하고 기계 곳곳을 움직이게 할 뿐만 아니라, 기계에 달린 카메라와 외부 센서를 통해 들어오는 전기 신호도 인간의 뇌로 전달하여 그대로 느끼게 하는 기술.

“……하지만 이런 대단한 기술에도 제약이 있습니다.”

“반발성.” 아현이 입 모양으로 말했다.

"성인의 뇌는 신경 연결에 반발했습니다. 보통 23세가 넘어가면 반발성은 여지없이 발현되었습니다. 왜 그런지는 아직 밝혀내지 못했죠. 누군가는 자아의 문제라고 하지만, 글쎄요. 뇌 과학자들의 영원한 과제로 남을지도 모릅니다. 특수한 교육을 받은 여러분 나이대의 조종사들이 위험한 환경에서⋯⋯ 활동하는 이유죠."

아이들의 시선이 아현 쪽으로 쏠렸다. 이런 시선은 아현이 이 학교로 온 후 늘 있어 왔다. 하지만 아현은 전처럼 고개를 숙이지 않았다. 다인이 손을 잡아 준 것도 아현이 아이들의 시선을 마주할 수 있는 이유 중 하나가 되었다.

"집중하세요."

유 박사가 가볍게 박수를 치며 말했지만 아이들은 아현에게서 시선을 거두지 않았다. 아현은 아이들의 입이 움직이는 것을 보았다. 아마도 아현에게 말하려는 것 같았다. 도망자라고, 실패자라고. 아현의 몸에 힘이 들어갔다.

그때 다인이 손을 들었다. 그 모습에 아현은 정신을 차렸다. 아현이 얼마나 힘을 줬는지 잡고 있던 다인의 손이 하얗게 질려 있었다.

"네, 학생. 왜 그러죠?"

"어, 저…… 그러니까……. 오늘 왜 메카닉을 직접 못 보나요?"

아현은 긴장이 탁 하고 풀리는 걸 느꼈다. 다인 덕분이었다. 아현이 심하게 긴장한다 싶으면 다인은 이렇게 아이들의 시선을 분산시켜 주었다. 아현은 다인의 뽀글뽀글한 정수리에 코를 묻고 싶은 걸 간신히 참았다.

"아쉽겠어요. 사실, 얼마 전 기존에 있던 메카닉 두 대가 다른 곳으로 가고, 다른 곳에 있던 메카닉 두 대가 이곳에 도착했거든요."

아현이 오늘을 고대하던 이유였다. 아현이 늘 보는 메카닉 팬 커뮤니티에서 카이저가 이곳에 이송되었다는 소식을 들었기 때문에. 그래서 카이저를 오랜만에 볼 수 있을 줄 알았다. 아현은 다시금 아쉬움에 입술을 물었다.

"지금 그 기체들을 검사하는 중이라, 오늘은 보여 줄 수 있는 기체가 없네요. 그래도 희소식이 있어요. 이송되어 온 기체 중 하나는……."

말을 잇던 유 박사가 아까처럼 뜸을 들였다. 아이들

은 별로 관심 없어 보였지만 아현은 그럴 만하다고 생각했다. 카이저는 최고의 소프트웨어와 하드웨어를 둘 다 갖춘 최대 크기의 메카닉이니까. 하지만 유 박사의 입에서 나온 건 전혀 뜻밖의 소리였다.

"앙헬. 모두 알죠? 백승주 조종사의 메카닉이요."

아이들의 입이 벌어졌다. 대부분이 그 이름을 듣자마자 술렁거리고, 흥분에 차오르고 있었다. 하지만 아현은 심장이 내려앉는 기분이었다. '설마.'

"잠시 뒤에 백승주 조종사와 만남의 시간을……."

비명 같은 함성이 터져 나왔다.

"조용히 해! 연구실까지 들릴 수도 있어!"

담임이 소리쳤지만 유 박사는 이번엔 아이들을 소리치게 놔두었다.

'백승주라니. 백승주랑 만나야 한다니.' 아현의 머릿속에서 판단은 빠르게 내려졌다. '도망쳐야겠다.'

아현은 다인에게 같이 가겠냐고 물어보려 했지만 다인도 소리를 지르는 중이었다. 하는 수 없이 아현은 몸을 최대한 웅크리고 흥분한 아이들 뒤로 빠져나갔다.

"너 어디 가려고?"

담임이 아현을 불러 세웠다. 아현은 여전히 엉망인 담임의 허리춤을 보며 말했다.

"화장실이요."

담임은 뭔가 골똘히 생각하는 듯하더니, 가라는 손짓을 했다.

"그래, 너도 한때 조종사를 꿈꿨는데 백승주가 오는 자리에 빠지고 싶진 않겠지. 빨리 다녀와."

아현은 고개를 꾸벅 숙이고 화장실 쪽으로 가는 척하다가 담임이 아이들을 진정시키려 시선을 돌렸을 때 복도를 돌아 달렸다. '백승주라니. 오늘 아침까지만 해도 카이저를 볼 생각이었는데, 카이저 대신 백승주라니.'

2

아현은 어떤 일이 벌어지면 달리기로 극복한다

'백승주.' 아현은 복도를 달려가며 생각했다. 우리나라에서 가장 유명한 메카닉 조종사이자, 호감 가는 외모와 행동으로 연예인 뺨치게 많은 팬을 보유한 사람. 온갖 광고와 예능에 출연하면서도 현장에서 가장 유능한 사람으로 뽑히는 만능형 인간. 얼마 전 출연한 다큐멘터리 캡처 사진은 보고만 있어도 힐링되는 고양이 짤처럼 인터넷을 떠돌아다니고, 그 출연료마저 모두 기부한 천사.

하지만 아현에게 백승주는 너무나도 불편한 사람이었다. 팬 커뮤니티에서도 카이저 소식만 보고 일부러 백승주 관련 글은 피했는데, 이런 일이 벌어질 줄이야. 이런 유명 인사가 충주에 온다는 걸 커뮤니티 사람들이 떠들지 않았을 리가 없었다. 만약 백승주의 낌새가 조금만 보였어도 아현은 어떻게든 현장 학습을 빠졌을 것이다. 꾀병을 부리든, 당일에 잠수를 타든.

아현이 백승주를 처음 본 건 4년 전, 처음 메카닉 조종사 사관 학교에 들어갔을 때였다. 그리고 그때부터 아현은 백승주와 모든 걸 함께했다. 고작 2년뿐이었지만.

지금보다 키가 20센티미터는 작았던 시절이었다. 아현이 처음으로 사관 학교 기숙사의 방문을 열었을 때, 그 안에 백승주가 있었다. 백승주는 쭈뼛쭈뼛 커다란 캐리어를 끌고 기숙사로 들어서는 아현을 두 팔 벌려 반겨 주었다. 캐리어를 풀 때 옷과 물품을 같이 정리해 주었고, 바짝 언 채 '네, 선배님. 아닙니다, 선배님'만 반복하는 아현에게 웃으며 언니라고 부르게 했다. 기숙사에 마련된 2층 침대도 1층이 편하다며 아현이 쓰게 해 주었다. 보호소 시절 아현은 한 번도 1층 침대를 써 본 적이 없었다. 아현은 그때 사관 학교가 정말 좋은 곳이거나, 승주가 자기와는 아주 다른 환경에서 자랐을 거라고 막연히 생각했다.

아현은 친언니가 생긴 기분이었다. 물론 보호소에서도 언니라 불렀던 이들이 있었지만, 실제로 챙김 받는 느낌은 처음이었다. 아현은 그게 어색하지만 좋았다. 처음엔 보호소 언니들이 소위 '매만져 줘' 버릇처럼 아파오는 볼을 만지작거리며 승주를 의심하기도 했다. 하지만 그 의심은 승주의 한결같음에 곧 사라졌다.

승주는 시험을 망치고 우는 아현에게 얼마 되지도 않는 사관 학교 월급으로 맛있는 걸 사 주기도 하고, 가끔 외로워하는 아현을 위해 밤을 새워 이야기를 나눠 주기도 했다. 아현이 전투 메카닉 생도들과 마찰이 생겼을 땐 누구보다 앞장서서 상대방의 머리채를 잡았다. 자율적으로 체력 훈련을 할 때면 꼭 둘이 함께 나가 달리곤 했는데, 아현이 지쳐서 멈춰 서면 승주가 다가와 어깨를 토닥이며 말해 주었다.

"멈추지 마. 걸어도 돼. 멈추지만 않으면 돼. 멈추면 그때는 정말 끝이야."

아현은 그 말에 늘 용기를 얻었고, 다시 이를 악물고 달릴 수 있었다. 다른 사람들과는 잘 친해지지 못했지만, 상관없었다. 승주가 있으니까. 그렇게 전과 달리 행복한 2년을 보내고, 그날이 닥쳤다. 모든 것이 망가져 버린 날.

입학 후 2년이 지나자, 사관 학교의 모든 사람이 아현을 천재라고 불렀다. 아현은 동기를 비롯해 위의 두 기수조차도 허가받지 못한 실전용 메카닉 조종을 할 수 있었다. 그 당시 사관 학교에서 개인용 메카닉 조종 자격을 부여받은 사람은 아현과 승주를 포함해 총 여섯뿐이었다. 게다가 아현은 능력이 인정되어 그 당시 최신형이었던 메카닉을 배정받았다.

아현은 자신의 메카닉, 카이저 안에서 자기가 완전해지는 걸 느꼈다. 카이저와 연결될 때면 연습용 메카닉의 플러그를 목뒤 콘센트에 꽂을 때와는 완전히 다른 기분이 들었다. 차갑게 진정되는 기분. 흐리멍덩하고 번잡하던 세상이 또렷하게 보이는 기분. 아현의 손은 카이저의 손이었고 카이저의 감지 센서는 아현의 피부였다. 그것이 마치 원래 그래야만 했던 것처럼 자연스러웠다.

승주의 재능도 특출나긴 했지만 아현에겐 미치지 못했다. 하루의 모든 훈련이 끝나면 승주는 침대에서 고개를 내밀고 아래에 있는 아현에게 메카닉 조종에 대해

끈질기게 질문하곤 했다. 아현도 열심히 대답을 해 주긴 했지만 승주에게는 잘 가닿지 않는 것 같았다. 아현은 이상한 감정이 몸속에 자리 잡는 것을 느꼈다.

'내가 왜 승주 언니에게 이겼다는 감정을 갖는 거야?'

세수를 하며 거울에 대고 물었지만 거울 속 아현은 대답하지 못했다. 하지만 그게 깊은 고민으로 이어지진 않았다. 카이저에 오를 때면 아현은 그럴 고민이 필요 없는, 모두가 동경하는 천재였다. 아현은 하루의 대부분 시간 동안 카이저와 연결되어 있었다. 지도관이 무리가 간다고 말릴 정도였지만 아현은 자신의 작은 몸이 아니라 커다란 카이저와 연결되어 있을 때가 오히려 더 자신답다고 느꼈다.

모든 게 망가진 그날은, 실제 상황이었다. 전국적으로 유례없던 지진이 남부 지역을 강타했다. 사관 학교 생도들, 심지어는 구호 메카닉뿐 아니라 전투 메카닉까지 현장에 투입되었다. 총 열 대의 메카닉이 두 대씩 나뉘어 이송 차량에 실렸다. 카이저와 승주의 메카닉인 앙헬이 같은 차량에 탑승했다. 승주의 얼굴은 하얗게 질려 있었다. 아현은 그 모습이 신기했다. 아현이 승주의 차가운 손을 잡자 승주가 힘겹게 미소 지어 보였다.

"언니, 괜찮아?"

"응……. 아니, 사실 안 괜찮아. 무서워."

"무섭다고? 언니가?"

"내가 도움이 못 되면 어떡해? 그래 봤자 생도잖아. 누구를 구하려다 실수라도 하면? 사람을 옮기려다가 오히려 다치게 하면?"

아현은 승주의 양 볼을 붙잡고 자신을 똑바로 보게 했다.

"언니. 그럴 일 없어. 우리는 메카닉으로 달걀도 옮겼어. 그냥 하던 대로 하면 돼."

"너는 긴장 안 돼?"

아현의 양손에 볼이 눌린 승주가 붕어 입을 하고 물었다. 아현은 고개를 저었다.

"전혀. 오히려 하루 종일 카이저에 타고 있을 생각 하니까 너무 좋아."

"좋다고? 우리 가는 데가 재난 지역인 거 알지? 유례없이 많은 사람이 죽은 거……."

"그건 그거고."

"그러면 안 돼. 너 그런 마음가짐으로……."

"뭐가 문제야. 지금 파견 가는 생도 중에 내가 제일 많은 피해를 복구하고 사람도 제일 많이 구조할걸? 그러면 되잖아."

승주는 못마땅해 보였지만 잔소리가 더 이어지진 않았다. 둘은 더 이상 말을 하지 않고 피해지에 도착했다. 아현과 승주는 차량 밖으로 나가기 전 각자의 메카닉에 탑승했다.

아현은 콘센트에 플러그를 연결하고 미소 지었다. 온몸에 새로운 전류가 흐르는 기분. 서서히 나의 감각이 바깥으로 확장되는 느낌. 그리고 한층 단단한 나로 성장한 것 같은 고양감. 그런 것들을 느끼며 차량에서 내려 주변을 둘러보았을 때였다. 아현은 그 감정들이 순식간에 사라지고 숨이 턱 막히는 걸 느꼈다. 군데군데 보이는 돌무덤은 전부 건물이 무너진 흔적이었다. 도로들은 갈라져 있었고, 가로수들은 뿌리를 드러내고 누워 있었다.

군인과 대원들의 고함, 사이렌 소리로 아현은 정신을 차릴 수가 없었다. 근처 군부대와 가까운 재난안전본부에서 먼저 나온 메카닉들이 곳곳에서 쉼 없이 돌을 치우고, 추가 붕괴의 위험이 있는 건물을 떠받치고 있었다. 그 아래에서 무너진 건물 틈으로 신체 강화 장치를 입은 구조 대원들이 개미처럼 기어 나왔다. 그들의 팔에 들린 것은 대부분 시체였고, 가끔 보이는 생존자의 눈은 텅 비어 있었다.

카이저를 비롯해 사관 학교에서 파견 나온 메카닉들이 주춤주춤 뒷걸음질을 칠 때, 가장 먼저 움직인 건 승주가 조종하는 앙헬이였다. 나머지는 지도관이 움직이라고 소리칠 때까지 움직이지 못했다.

위치와 임무를 배정받은 이후에도 아현은 가만히 서서 어찌할 바를 몰랐다. 어디를 봐도 시체들이었고 다친 사람들이었다. 아현은 카이저의 손이 떨리는 걸 처음 경험해 보았다. 스스로에 대한 혐오감이 들었다. '뭘 믿고 그렇게 자신했던 거지?' 그때 어떤 메카닉이 카이저의 팔뚝을 치고 지나갔다. 그리고 통신망을 통해 비웃음 소리가 들렸다. 그 메카닉이 한군데 거두어 둔 시체들을 가리키며 말했다.

"역시 구호 팀은 어쩔 수 없는 겁쟁이들이구먼. 저거랑 다를 게 뭐야?"

들어 본 목소리였다. 전에 한번 시비가 붙었던 전투 메카닉 생도였다. 승주에게 머리를 다 뜯길 뻔했던. 아현은 카이저의 손 떨림이 가라앉는 걸 느꼈다. 대신에 화가 솟구쳤다. 자신에게도, 그 생도에게도. 그 말투가 아현을 다시 보호소 시절로 돌아간 것처럼 만들었다. 순간 아현은 카이저를 통제할 수 없다는 느낌을 받았다. 처음 겪어 보는 감각이었다. 옷이 벗겨지듯 카이저가 몸에서 떨어져 나간 것 같았다.

그때 카이저가 전투 팀 메카닉의 머리를 잡고 땅으로 내팽개쳤다. 상대 메카닉이 요란한 소리를 내며 바닥에 쓰러졌다. 주위에 있던 사람들이 비명을 지르며 달려 도망쳤다.

"지금 뭐 하는 거야!"

아현이 안에서 소리를 치며 움직임을 멈춰 보려고 했지만 카이저는 멈추지 않았다. 뒤이어 카이저가 쓰러진 메카닉의 발목을 양손으로 잡았다. 부러뜨리려는 것 같았다. 그 순간 누군가 카이저의 뒤를 잡았다.

카이저는 팔을 내저었다. 쾅. 엄청난 충격음이 난 후에야 아현은 다시 카이저에 대한 통제권을 돌려받을 수 있었다. 방금 카이저의 팔이 굉장히 세게 움직였다는 생각이 들었다. 아현은 카이저가 친 것이 무엇인지 보기 위해 천천히 고개를 돌렸다. 거기엔 가슴 부분이 찌그러져 벌어진 앙헬이 있었다.

아현은 숨이 멎을 것 같았다. 메카닉의 가슴엔 조종사가 타고 있다. 다른 메카닉들이 카이저에게 달려들어 양팔을 제압하고 무릎을 꿇렸다. 아현은 그 메카닉들을 뿌리치려고 했다.

"잠깐만…… 승주…… 승주 언니……."

아현이 중얼거리는 소리는 누구에게도 들리지 않는 것 같았다. 잠시 후 벌어진 앙헬의 가슴 부분 틈으로 얼굴이 피투성이가 된 승주가 기어 나왔다. 그리고 카이저를 올려다보았다. 한 번도 본 적 없던 눈빛으로. 아까 수송차 안에서와는 비교도 되지 않을 만큼 겁에 질린 표정으로.

카이저와 아현은 즉시 사관 학교로 이송되었다.

그 후부터 아현은 카이저를 볼 수 없었다. 온갖 조사와 검사를 받았다. 메카닉에 대한 통제력을 상실했었다는 아현의 말에 카이저에게 실시간으로 전달된 전기 신호가 전부 분석되기도 했다. 그 결과는 수개월 후 나왔고, 아현은 가까스로 책임에서 벗어날 수 있었다. 하지만 아현과 카이저에게 왜 그런 일이 벌어졌는지는 아무도 알려 주지 않았다. 아현은 자신의 고의가 아니었다는 사실이 밝혀진 것에 안심했으나, 사관 학교로는 돌아갈 수는 없었다.

조사를 받는 기간 동안, 그리고 아현이 다시는 카이저에 오를 수 없다는 걸 알게 되었을 때까지 승주는 계속해서 아현에게 연락을 해 왔다. 아현은 받지 않았다. 전화를 받으면 승주가 무슨 말을 할지도 걱정이었지만, 무엇보다 그 겁먹은 피투성이 얼굴이 자꾸만 생각났다. 그러면 한순간 사관 학교라는 꿈에서 깨 다시 보호소로 떨어질 것만 같은 느낌이 들었다.

승주의 연락은 점점 뜸해지다가 아예 끊겼다. 아현이 승주를 다시 본 건 방송에서였다. 화면 속 승주는 환하게 웃고 있었다. 그래도 아현은 자꾸만 승주의 겁먹은 표정이 겹쳐 보였다.

'그런데도 왜 난 카이저를 다시 타고 싶은 거지?' 생각하며 아현은 건조기에서 우비를 꺼내 아까 들어왔던 출입문으로 다시 나왔다. 건물 끝 쪽 창문으로 유 박사와 아이들이 지나가는 것이 보였다. 아현은 무릎을 잡고 숨을 고르며 그 모습을 보았다. 담임은 보이지 않았다. 아마 화장실 앞에서 아현을 기다리고 있을 것이다. 그러다가 '왜 이렇게 안 나오지' 라는 생각이 들면…….
아니나 다를까 아현의 핸드폰이 울리기 시작했다. 아현은 통화 버튼을 누르자마자 "아직 똥 싸요!" 외친 뒤 전화를 끊었다. 그리고 핸드폰을 꺼 버렸다.

'두 달 전부터 충전하는 걸 까먹었다고 하면 담임이 믿을까? 그럴 리가 없지. 담임의 눈을 피해 어디에 숨어 있어야 할까. 일정표에는 승주 언니와의 만남을 왜 안 써 놓은 거야.'

그때 덜컥 출입문이 열리는 소리가 들렸다. 아현이 깜짝 놀라 바라보니, 유 박사처럼 가운을 입은 사람 둘이 걸어 나오고 있었다. 그 사람들은 아현을 대충 살피고는 자기 갈 길을 걸어갔다. '여기 계속 서 있다간 제 명에 못 죽겠다.' 아현은 사람들을 따라 걸어가 보기로 마음먹었다.

사람들은 본부 건물 뒤편으로 가고 있었다. '격납고 쪽 아닌가?' 아현은 심장 박동 소리가 커지는 걸 느꼈다. '카이저가 있는 곳. 거기에 가면 되겠구나.' 아현은 자기도 모르는 새 속도를 올렸다. 격납고로 가야 했다. 아현은 앞서가던 사람들을 앞질렀다.

"거기서 뭐 해요?"

아현은 깜짝 놀라 뒤를 돌아보았다. 두 사람이 의심스러운 눈초리로 아현을 바라보고 있었다. 아현은 할 말을 찾기 위해 머리를 굴렸다.

"어, 그게, 그…… 오늘 견학 왔는데요. 화장실을 갔다가 일행을 놓쳐서…… 격납고에 간댔나……? 그랬던 것 같아서……."

가운을 입은 사람 둘은 서로를 쳐다보며 말했다.

"그런 일정이 있었나?"

"몰라. 유 박사님이 알지."

"흠……. 점검하는 거 보여 주는 건가?"

"그런가 보네. 우리도 가니까 같이 가요."

정신이 돌아온 아현이 손을 내저었다.

"아뇨, 아뇨! 그러실 필요는……."

하지만 간다고 해 놓고 안 따라가는 것도 이상했다. 아현의 머리가 더 이상 굴러가지 않았다. 아현은 결국 둘을 따라 발걸음을 뗐다. 격납고 앞에서 그들은 메카닉 출입용 문 옆의 쪽문에 카드 키를 댔다. 철컥, 문이 열리고 아현은 두 사람을 따라 격납고 안으로 들어갔다. 안은 어두웠다.

"뭐야, 아무도 없는데?"

"학생이 먼저 도착했나?"

"근데 점검하는 걸 보여 주기도 하나?"

'맞다.' 아현은 뒤로 돌아 목뒤의 콘센트를 보여 주었다.

"제가 사관 학교에서 왔거든요."

"아아, 오늘 온다던 학생들이 생도들이야?"

"그랬나? 그래서 그런가 보네. 학생이 화장실 갔다가 먼저 왔나 보네. 그럼 있어요. 우리는 할 거 해야 하니까."

둘 중 한 명이 벽의 스위치를 누르자 착, 착, 착, 소리를 내며 먼 곳부터 빛이 들어왔다. 그러자 격납고의 한가운데 메카닉 두 대가 서 있는 것이 아현의 눈에 들어왔다. 한 대는 승주의 메카닉 앙헬, 그리고 나머지 한 대는 아현이 그토록 다시 보고 싶어 했던 카이저였다.

두 사람은 옆 계단을 올라 2층으로 올라갔다. 그들이 사무실에 들어가 문을 닫는 것까지 확인한 뒤에, 아현은 천천히 카이저에 다가갔다. 절로 웃음이 나왔다. 눈물이 나올 것도 같았다. 그런 사건을 겪었는데도 왜 다시 카이저에 타고 싶었는지, 아현은 드디어 알 수 있었다. 사관 학교의 기억이 하나하나 떠올랐다. 인생 최고의 순간이었다. 과거의 멋있었던 오아현과 카이저. 끝만 운이 나쁘게도 좀 꼬였을 뿐이었다.

"오랜만이다, 진짜."

중얼거리고 있는지는 아현 스스로도 몰랐다.

카이저의 가슴께 해치가 열려 있어 조종석이 들여다보였다. 아현이 늘 플러그를 연결하고 카이저를 조종하던 자리였다. 점검 중이라 그런지 카이저의 팔다리에 각종 선이 연결되어 있었다. 아현은 그 붉고 푸른 선을 따라 시선을 옮기며 카이저를 눈에 담다 눈살을 찌푸렸다. '저건 무슨 낙서지?'

카이저의 몸 곳곳에 래커로 그린 듯한 영어가 쓰여 있었다. 색깔도 다양했다. 초록색, 노란색, 보라색…….

아현은 좀 더 가까이 다가가 영어를 읽어 보았다.

K…… I…… D.

'키드? 키이드? 카이저 몸에 저딴 낙서를 누가 해 둔 거지?'

"뭐야? 누구야?"

갑작스런 남자 목소리에 아현은 놀라 소리 난 쪽을 바라보았다. 거기엔 꼭 옛날 영화에 나오는 고등학생처럼 머리를 빡빡 민 애가 서 있었다. 키는 아현의 코밑 정도인데 어깨가 딱 벌어져 몸집은 커 보였다. 남자애는 아현을 보며 눈썹을 구겼다 펴더니, 가라는 손짓을 했다.

"외부인이야? 내 메카닉한테 뭐 하는 거야. 나가. 여기 들어오면 안 돼."

'내 메카닉?' 아현은 심기가 불편해졌다. '내 메카닉이야. 카이저는 내 메카닉이라고. 누구 마음대로 네 거래?' 아현이 목구멍 바깥으로 빠져나가려는 말들을 간신히 억누르고 있는데, 남자애가 침을 뱉듯 말했다.

"안 들려? 불법 침입이야, 이거. 누가 보기 전에 빨리 꺼지라고."

하, 아현은 한숨을 쉬고 꼬맹이를 노려봤다. 꼬맹이는 입 모양으로 "뭐" 하고 말했다. 아현은 엄지로 카이저를 가리키며 말했다.

"너, 저거 네가 그랬냐?"

"뭐?"

"카이…… 메카닉 몸체에 낙서. 네가 그랬냐고."

"낙서? 그라피티도 모르냐? 그리고 왜 반말이야?"

"반말은 네가 먼저 했고. 왜 저딴 낙서를 해 놨냐?"

"내 메카닉 별명인데. 불만 있냐? 내 거에 내가 뭘 하든 뭔 상관이야."

'카이저가 키드라고? 이 대형 메카닉이? 네가 황제를 애새끼로 만들었다고?'

아현은 한껏 비웃음을 머금고 말했다.

"개촌스럽다, 진짜."

"불법 침입한 주제에 싸가지도 없다. 너 나를 존중해야 하는 거 아니야? 나 구호 메카닉 조종사야."

"존중받고 싶어서 조종사 한 거야? 대단하다. 그만 생각으로 메카닉 조종사를 다 하네."

"이 새……."

꼬맹이가 아현 쪽으로 다가왔다. 더 가까이 오면 한 대 먹여 줄 생각으로 아현이 팔을 높게 쳐드는데, 쪽문이 열렸다. 역광이라서 잘 보이지 않았지만 한 사람이 서 있었다. 여자인 것 같았고, 걸어오는 걸음걸이가…….

"아, 설마."

아현이 중얼거렸다. 다가오던 꼬맹이가 멈칫했다.

"뭐야? 오아현? 정말 아현이야? 너 맞지? 오늘 견학 온 학교 선생님이 자꾸 오아현, 오아현 하면서 찾으시길래 혹시나 했는데 정말 너였구나. 키도 더 큰 것 같아."

백승주가 반갑게 웃으며 아현 쪽으로 달려왔다.

"뭐야. 승주 선배, 아는 사람이에요?"

꼬맹이가 승주와 아현을 번갈아 가며 쳐다봤다.

"응, 민아. 소개해 줄게. 여기는……."

승주가 가리킨 곳에 이미 아현은 없었다. 아현은 두 손으로 얼굴을 가리고 달렸다. 목덜미가 막 시동을 끈 메카닉처럼 뜨끈뜨끈해진 채.

3
아현이 상상하면 웬만해선 부정적이다

"오, 아, 현."

담임은 아현의 이름 한 글자를 뱉을 때마다 손가락으로 책상을 두드렸다. 현장 학습 날 학교로 돌아가며 내일 두고 보자던 담임은 아침 일찍 아현을 교무실로 불렀다. 아현은 두 손을 앞으로 모으고 얌전히 고개를 숙인 채 서 있었다. 아무리 담임이 마음에 들지 않아도 자신이 잘못했다는 건 알고 있었다.

"그래, 똥은 잘 쌌어?"

담임이 물었다. 아현이 뭐라고 대답할지 생각하는데 담임이 곧바로 이어서 말했다.

"어. 아주 잘 쌌지. 아주 학교에다가도 싸고, 내 얼굴에다가도 싸고, 아주 온갖 곳에 똥을 뿌려 놨지. 너 격납고까지 들어갔었다며? 내가 널 믿은 게 잘못이다. 화장실 간다는 걸 내가 그냥 끌고 갔어야 했는데. 내가 너 때문에, 어? 거기 관계자들한테 얼마나 굽신댔는지 알아? 어? 거의 막 빌었어!"

담임이 두 손을 비벼 댔다. 다른 선생님들이 이쪽을 흘끗흘끗 보며 지나갔다. 아현은 빨갛게 충혈된 눈으로 손바닥을 비비는 담임의 모습을 보며 파리가 생각나 입술을 깨물었다.

"너 왜 그러니. 대체 뭐가 문제야. 뭐가 되고 싶은 거야. 어?"

'메카닉 조종사요. 근데 이제 못 하잖아요.'

씰룩거리던 입꼬리는 서서히 멈췄지만, 아현은 아쉬운 말이 튀어나오지 못하게 입술을 계속 물고 있어야 했다.

"갑갑하다. 갑갑해."

'저도요.'

"학교에선 수업에 집중 안 해. 그렇다고 친구들이랑

어울리는 것 같지도 않고. 대피 훈련 땐 대충대충. 그건 진짜 그러면 안 돼. 대체 왜 그러냐?"

'글쎄요. 수업은 쓸모없고, 친구는 다인이뿐인데요.'

"미래를 좀 생각해라. 아무튼 경고했던 대로 교내 봉사야. 방과 후에 운동장 쓰레기 주워. 줍고 봉투 나한테 들고 와서 검사 맡고. 한 달 동안이야. 알았어?"

'제가 뭐 어쩔 수 있겠습니까. 일주일 동안…….'

아현은 눈을 동그랗게 뜨고 담임을 쳐다봤다.

"한 달이요?"

담임은 다시 손가락으로 책상을 두드리며 말했다.

"대, 답."

"한 달? 언제부터? 오늘부터? 어쩌냐. 왜 거기서 도망을 갔어. 어? 백승주도 볼 수 있었잖아. 근데 진짜 방송에 나온 거랑 똑같더라. 목소리도 얼마나……."

다인은 아현이 교실에 돌아오자마자 말을 쏟아 냈다. 어제는 아현이 다운되어 있는 걸 눈치챘는지 따로 연락이 없더니, 하룻밤 동안 참은 말을 지금 다 뱉어 내는 것 같았다. 아현은 한 귀로 다인의 말을 흘리며 담임의 말을 생각했다. 보통 다른 사람의 말을 귀담아듣거나 잔소리에 반성하는 아현이 아니건만, '쓰레기 줍기 한 달'의 충격이 컸던 모양이었다.

'미래를 좀 생각해라.' 담임의 말이 자꾸 아현의 귓가에 울렸다.

'미래엔 아마 자동차가 하늘을 날아다니겠지. 비만 주구장창 내리는 날씨도 좀 나아지려나. 그럼 꿉꿉한 우비를 더 이상 안 입고 다녀도 될 테고, 우비를 입지 않은 나는 뭘 하고 있으려나.'

아현은 자신의 미래가 잘 상상이 되지 않았다. 하고 싶은 건 이미 못 하게 되어 버렸고, 다른 즐거움이 있는 것도 아니었다. 아현은 자꾸만 사관 학교 시절이 생각났다. 그때 평생 웃을 걸 다 웃은 기분이었다.

'왜 그런 사고가 나한테만 일어난 걸까.'

아현은 어제 격납고에서 본 꼬맹이를 떠올렸다. 그 애가 자신보다 훨씬 나은 삶을 살게 될 거라는 사실이 화가 났다. 그 애 말대로 아현은 그 애를 존중해야 하는지도 몰랐다. 아현은 미래보다는 과거로 가고 싶었다. 카이저에 마음껏 탑승했던 때로. 단단하고 무거운 카이저의 다리로 땅을 밟고 있었을 때로. 지금은 허공에 붕 떠 있는 기분이었다. 헬륨을 잔뜩 마시고 울렁거리는 속으로 둥둥 떠다니는 기분.

생각에 잠겼던 아현은 주위가 조용해진 걸 느꼈다. 주변을 살피니 어느새 다인이 가만히 입을 다물고 있었다. 다인이 말했다.

“너 내 말 하나도 안 들었지?”

“……미안. 이따 매점 갈까? 과자 사 줄게.”

“됐고. 뭐 고민 있어? 아니면 감당하기 힘든 일이 생겼어?”

“아니.”

아현은 대답하고 나서 아직 의심스럽다는 듯한 다인의 표정을 바라보다가 덧붙였다.

“그런 거 없어. 진짜 아무것도.”

아현은 손을 뻗어 다인의 북실북실한 머리를 만졌다.

아현이 방과 후에 쓰레기를 줍게 된 지 일주일이 지났다. 그렇지만 아현은 매일매일 우비를 입고 녹슨 집게를 한 손에 쥔 채 진흙이 잔뜩 묻은 쓰레기를 쓰레기봉투에 집어넣는 일에 도무지 적응할 수가 없었다. 게다가 쓰레기를 줍기 시작한 날부터 지금까지 다인은 계속 의심스러워하며 아현에게 무슨 일이 없는지 물었다. 내일 또 묻는다면 아현은 '네가 계속 그걸 묻는 게 무슨 일'이라고 대답할 참이었다.

담임은 아현이 주워 온 쓰레기를 매일 검사했다. 하루도 빠짐없이 쓰레기봉투가 반밖에 차지 않았다고 말하는 담임에게 아현은 '반이나 찬 거 아닐까요?' 말하고 싶은 욕구를 억눌렀다.

멍하니 쓰레기를 줍다 보면 격납고에서 도망친 기억이 떠올랐다. '그때 좀 더 쿨하게 행동할 수는 없었을까? 내 잘못도 아니었는데. 승주 언니는 날 반가워하는 것 같았는데.' 그렇지만 자꾸만 승주를 떠올리다 보면 그 겁먹은 얼굴이 생각나 아현의 기분은 곤두박질쳤다.

오늘 아현은 평소보다 좀 더 짜증이 났다. 담임이 자신의 자동차에서 마대를 꺼내 준다고 했기 때문이다.

"네가 쓰레기를 이만큼씩만 주워 오는 게, 아무래도 자유로운 쓰레기를 구속하는 것에 동병상련을 느끼는 것 같아서."

담임은 알 수 없는 소리를 지껄이며 이번엔 학교 뒤편 언덕길에 쌓인 나뭇가지를 주워 모으라고 했다. 빗물에 학교 뒷산에서 떠내려온 것들이었다.

"그걸요?"

"응."

"제가요?"

"응."

"혼자요?"

"응! 그걸 네가 혼자! 너 말고 누가 현장 학습 날 똥뿌리고 다녔냐?"

담임과 주차장에 도착해 담임의 자동차를 보았을 때, 정말 담임 같은 자동차라고 아현은 생각했다. 비가 늘 오는데도 진흙이 덕지덕지 붙은 자동차는 피곤이 덕지덕지 붙은 담임의 얼굴과 비슷해 보였다. 담임은 늘어지게 하품을 하며 트렁크를 열었다. 아현은 트렁크 안을 봤다가 흠칫 놀랐다. 거기엔 아현의 상반신만 한 커다란 도끼가 놓여 있었다.

"저게 뭐예요?"

"뭐? 너 도끼도 모르냐?"

"아니, 그걸 왜 갖고 다녀요?"

"……너같이 말 안 듣는 애들 겁주려고."

담임이 뜸을 들였을 때 아현의 머릿속에서는 뭔가 맞춰져 가는 중이었다. 항상 피곤하고, 더러운 차에, 커다란 도끼. 담임은 아마 살인마일 것이다. 무식한 말투와 사이코패스 같은 성격도 다 그래서 그런 것이다. 아현은 침을 꿀꺽 삼켰다. 담임은 아현의 표정을 보더니 말했다.

"너 또 딴생각하지? 어?"

담임은 고개를 절레절레 저으며 트렁크에서 마대를 꺼내 아현에게 주었다. 아현은 이제 슬슬 마대도 의심되기 시작했다. '뭘 담으려고?' 담임은 뒷산으로 이어지는 언덕 꼭대기를 손가락으로 가리켰다.

"저기 보이지?"

아현은 고개를 끄덕였다. 담임은 몸을 틀어 언덕 아래 정문을 가리켰다.

"저기도 보이지?"

"……네."

"오늘 다 줍고 가라."

순간 욕이 나올 뻔했지만, 옆에서 반짝이는 도끼날이 아현을 막아 주었다. 담임은 다시 하품을 쩍쩍 하며 트렁크를 소리 나게 닫고 건물 안으로 돌아갔다. 아현은 울 것 같은 기분으로 주머니에서 목장갑을 꺼내 끼고 터덜터덜 정문 쪽으로 갔다. 그냥 확 도망쳐 버릴까 생각하면서.

그렇게 하교 시간이 한참 지난 시간, 아현의 눈에 학생 몇몇이 교문 근처에 모여 수군거리고 있는 게 보였다. 아이들이 보고 있는 곳엔 모자를 푹 눌러쓴 사람이 서 있었다. 뭔가 낯익은 모습이었다. 아현이 그 사람과 눈이 마주쳤다고 생각했을 때, 그 사람이 모자를 벗고 아현에게 손을 흔들었다.

"안녕. 언제 나오나 했다. 기다리고 있었어."

승주였다. 승주의 얼굴이 드러나자 무리 지어 있던 아이들이 슬금슬금 승주에게 다가갔다. 아현은 자기도 모르게 승주의 손을 잡고 교문 안으로 들어와 문을 닫아 버렸다. 밖에서 아이들이 뭐라 욕하는 소리가 들렸지만 아현은 승주의 손을 놓지 않은 채 주차장까지 올라갔다.

"아니 유명한 사람이 그렇게 막, 그러면 어떡해요?"

"뭘 어떻게 해. 인사하고 사진 찍어 주면 되지. 그리고 어색하게 왜 존댓말이야?"

'와, 이게 유명인인가.' 아현은 감탄을 금치 못하다 정신을 차렸다. '쿨하게. 쿨하게 행동해.' 속으로 되뇌며 아현은 목을 가다듬고 똑바로 섰다. 현장 학습 때와는 다르게, 사관 학교에서보다 훨씬 어른스럽게 승주와 마주해야 한다.

"진짜 반갑다. 엄청 보고 싶었는데."

"저는 별로."

"요즘도 시험 한 문제 틀렸다고 울고 그래?"

"아니요. 요새 시험 보면 반도 못 맞히는데요?"

승주가 웃음을 터뜨렸다. '아, 이건 쿨한 게 아니라 멍청한 건가.' 아현은 얼굴이 달아올랐다. 죽을 만큼 창피했다. 아현은 들고 있던 집게와 마대를 내던지고 이번에도 달리기 시작했다.

"어디 가!"

뒤에서 승주가 외쳤지만, 아현은 무시하고 계속 달렸다.

"또 도망가? 이번엔 안 놓친다."

뒤에서 승주가 쫓아오는 발소리가 들렸다. 아현은 이

를 악물었다. 항상 승주보다 앞서 달렸던 아현이었는데, 오늘은 승주의 발소리가 꽤 가깝게 느껴졌다. '역시 현역 조종사는 다른가?' 생각하며 아현은 학교 언덕을 계속해서 달렸다. 오르막길이라 승주가 지치지 않을까 했지만 승주는 처음 속도 그대로 아현을 따라오고 있었다. 아현은 온 힘을 짜냈다. 그리고 출입 금지 팻말이 붙은 뒷산 입구에 도착했을 때, 팻말을 뛰어넘어 산속으로 들어갔다.

"야! 출입 금지라잖아!"

"아! 그러니까 쫓아오지 말라고요!"

"애초에 왜 도망가는 거야!"

이제 아현도 숨이 턱 끝까지 차오르고 있었다. 승주만 보면 도망가고 싶어지는 이유를 알 수 없었다. 승주의 표정이 자꾸만 생각나서? 승주에게 실망감을 안겨주어서? 그게 다는 아니었다. 과거의 실수와 실패가 자신을 쫓아오는 것만 같아 아현은 무서웠다.

"내가 예전에 말했던 거 기억나? 멈추면…… 정말 끝이라고."

승주도 숨이 가빠 오는지 천천히 말했다. 아현은 당

연히 기억났다. 승주가 지금의 아현보다 어릴 때 했던 얘기였다. 아현이 새삼스레 신기해하고 있을 때, 승주가 다시 입을 열었다.

"근데 오아현…… 너 지금은 좀……."

승주의 말이 점점 더 느려지고 있었다. 아현에게 할 말을 고르고 있는 걸까? 지금은 별로라고? 네 인생 망했다고? 예전이 훨씬 나았다고? 그건 아현도 알고 있었다. 아현은 눈 주위가 뜨거워지는 걸 느꼈다.

"지금은 좀 멈춰 봐악!"

승주가 소리를 질렀다. 평소의 부드러운 목소리와는 다르게 날카롭고 큰 소리가 났다. 아현은 깜짝 놀라 뒤를 확인했다. 그러다 바로 앞의 나무뿌리를 확인하지 못하고 발이 걸려 비탈로 굴렀다. 지금 들리는 비명이 자기가 지르는 건지 승주가 지르는 건지 알 수 없었다. 그리고 쿵. 아현은 나무에 머리를 박고서야 구르는 걸 멈췄다. 아팠다. 무지하게 아팠다. 하늘이 빙글빙글 돌았다.

잠시 뒤 승주의 얼굴이 나타났다. 승주는 괜찮냐며 아현의 어깨를 툭툭 쳤다. 대답하지 않는 아현에게 승주가 진지한 목소리로 물었다.

"오늘 무슨 요일이야? 네 이름 뭔지 기억나?"

아현은 울음을 터뜨렸다.

"왜 맨날 난 이 모양 이 꼴이 되는 거야."

소리 내 울 때마다 나무에 머리를 박은 곳이 찡하게 울려 왔다. 그게 더욱 서러워져 아현은 펑펑 울었다.

"어떻게 살았니?"

"몰라. 내 머리가 좀 단단한가 봐."

"아니, 아현아. 그게 아니고. 여태 어떻게 살았냐고. 어떻게 살아 있는지 묻는 게 아니라."

승주가 높은 음의 웃음을 터뜨렸다. 둘은 뒷산 중턱의 너른 바위에 앉아 있었다. 눈을 가늘게 뜨면 현장 학습 갔던 재난안전본부 건물과 격납고가 조그맣게 보이는 곳이었다. 엉덩이가 젖는 건 이미 상관없었다. 피는 나지 않았지만 아현의 머리는 조약돌만큼 부풀어 올랐고, 온몸이 진흙과 낙엽투성이였다.

"그래, 살아 있는 건 좋은 거지."

"언니는 왜 여기로 왔어? 언니 정도로 유명하면 막

가고 싶은 데 갈 수 있지 않나? 서울이 좋지 않아?"

"그런 게 어디 있어. 공무원 빼뺑이지. 조종사가 빼뺑이 벗어나려면 은퇴밖에 없어. 그리고 오니까 신경 쓸 게 적어져서 좋아. 전에 있던 데서도 슬슬 피곤했거든. 아, 여기도 피곤한 사람 하나 있다. 그 사람 진짜 짜증 나. 그런 사람을 본 적이 없어."

"그 꼬맹이?"

"꼬맹이? 꼬맹이……. 그게 누구지? 아, 너 민이 말하는 거야? 아냐, 민이 싹싹하고 착해. 이번에 같이 발령받아 왔는데 내 팬이라고 하더라."

"걔가 착하다고? 말이 돼?"

"왜? 예전에 사관 학교 처음 들어왔을 때 너 보는 것 같은데. 바짝 얼어서 쭈뼛거리고. 아주 귀엽지."

'내가 걔랑 비슷하다고? 귀엽다고?' 아현은 할 말이 없어졌다.

"말 나온 김에 하나 물어볼게. 너 나 좀 도와줄 수 있어?"

아현은 자기가 승주에게 도움을 줄 수 있는 게 있을까 싶었다. 아현이 말이 없자 승주가 말했다.

"도와줘야 해. 어? 나 죽일 뻔해 놓고 연락도 안 받았잖아."

승주는 농담조로 말했지만 아현은 웃을 수 없었다.

"너도 나 보고 싶었니? 넌 그렇지 않은데, 내가 억지로 연락하는 걸까 봐 연락 더 못 했어."

"엄청."

'그때로 다시 돌아가고 싶을 정도로.' 아현은 코를 들이마셨다.

"좋아. 네가 도울 일은 카이저 관련된 거야. 어때, 괜찮겠어?"

'카이저?' 그 소리에 아현은 귀가 트이는 기분이었다. 아현은 눈을 반짝이며 승주를 쳐다보고 고개를 연신 끄덕였다.

"그러니까 내가 부탁하고 싶은 건, 지금 카이저 조종사인 송민을 도와주면 좋겠어."

'카이저 조종사? 그 꼬맹일?' 아현의 눈에서 한순간에 반짝임이 탁 가라앉았다.

4

아현은 진심을 말하면 부끄럽다

아현은 끙끙거리며 들고 온 커다란 쓰레기봉투를 담임 앞에 내려놓았다. '교내 비상 상황 시 대처 요령'이란 제목의 인쇄물을 보고 있던 담임이 눈을 휘둥그레 떴다. 아현은 이마에 맺힌 땀과 빗물을 손등으로 닦으며 말했다.

"오늘 쓰레기 다 주웠어요."

담임은 여전히 놀란 표정으로 아현에게 수고했다고 말했다. 아현은 다시 쓰레기봉투를 들고 낑낑거리며 쓰레기장으로 향했다. 늘 쓰레기가 이거밖에 없냐, 지금 같이 나가서 쓰레기 하나라도 있으면 봉사 시간을 늘려

버리겠다, 빈정대던 담임이 수고했다니. 그 별것도 아닌 말에 아현은 웃음이 나왔다.

승주가 도와달라고 한 내용은 이랬다. 송민은 카이저를 조종하는 데 어려움을 겪고 있었다. 아현이 카이저를 조종할 수 없게 된 후, 카이저는 은퇴를 앞둔 조종사에게 배정되어 있다가 작년에 자신의 메카닉을 반파시킨 송민에게 갔다고 했다.

메카닉은 그 크기와 기종에 따라 움직임이 천차만별이었고 송민은 거기에 적응할 시간이 필요했다. 하지만 충주 본부의, 승주의 말을 빌리자면 '어떤 이상한 사람'이 그걸 핑계로 카이저를 요구하고 있어서, 그런 말이 나오지 않도록 송민에게 카이저 조종을 코치해 달라는 것이었다.

'이상한 사람이라니.' 승주가 그렇게 말했으니 나쁜 사람일 게 분명했다. 아현이 민간인이라 비밀로 해야 할 건 많았지만 중요한 건 그게 아니었다. 아현은 승주의 말을 들으며 콘센트 부분이 간질간질해지는 걸 느꼈다. 카이저를 다시 볼 수 있다. 카이저가 움직이는 걸 다시 볼 수 있다.

직접 한번 타 볼 수도 있지 않을까 하는 은근한 기대도 아현의 마음을 설레게 만들었다. 물론 승주가 그건 안 된다고 못 박았지만, 하다 보면 그런 일이 벌어질지도 몰랐다. 카이저의 다리로 다시 한번 설 수 있을지도 몰랐다.

그러다 아현이 정말 도움이 되고, 송민보다 카이저 조종을 훨씬 잘한다면?

'그땐 다시 카이저의 조종사가 될 수 있지 않을까?'

상상에 부푼 채 쓰레기장에 도착하니 다인이 있었다. 다인은 아현을 보고, 아현이 들고 있는 다인의 몸만 한 쓰레기봉투를 보았다. 그러더니 팔짱을 끼고 삐딱하게 선 채 아현을 유심히 살폈다.

"뭐야, 아직 집에 안 갔어? 왜?"

아현이 쓰레기봉투를 수거함에 넣으며 묻자 다인은 흠, 숨을 크게 쉬더니 말했다.

"너 수상해."

"뭐가?"

"왜 오늘 이렇게 기분이 좋아 보이지? 뭐지? 뭐든 대충대충 하던 애가 오늘은 왜 쓰레기를 저렇게 열심히 주웠지? 교내가 왜 이렇게 깨끗해진 거지?"

"뭔 소리야. 과자 먹다 체했어?"

"솔직히 말해."

"뭘?"

"남자친구 생겼어?"

하, 아현이 코웃음을 쳤다. 하지만 다인의 표정은 바뀌지 않았다.

"누구지? 우리 학년엔 오아현 눈에 들 애가 없는데……. 다른 학교인가? 선배? 후배?"

"아냐! 그리고 네가 내 취향을 어떻게 알아? 왜 자꾸 무섭게 그래."

아현이 웃으면서 말했다.

"봐 봐. 또 웃잖아. 너 오늘 학교에서 완전히 다른 모습이었어. 요즘 내내 카스텔라에서 벗긴 껍질같이 축 늘어져 있다가 오늘은 왜 이렇게 신이 났지? 뭐지? 빨리 말해 봐."

'아 그게', 아현은 입을 벌리다가 멈췄다. '맞다. 승주 언니가 어디에 말하지 말랬는데.'

"나, 서운해."

"뭐?"

다인이 입을 삐쭉 내밀었다. 아현은 생각지도 못한 다인의 반응에 가만히 서 있었다. 그사이, 수거함에 부딪히는 빗방울 소리만 들렸다.

"저번에 죽상일 때도 아무 일 없다 그러고. 그래, 그건 이해해. 남에게 말하기 싫을 만큼 힘든 일은 누구라도 하나씩 있으니까. 근데 그게 쭉 이어졌잖아."

"아니 언제? 그때? 그건 그냥 방과 후에 쓰레기……."

아현은 말하다가 입을 다물었다. '서운해하는 애한테 뭐 하는 거지.' 이건 달래는 것도 아닌 데다 거짓말이기까지 했다.

"근데 오늘은 기분이 좀 좋아 보여서 어떤 일일까 했는데, 그것도 지금 보니까 말 안 하려는 것 같고. 아무것도 나한테 말 안 할 거면 왜 나랑 친구 해? 아니, 친구이긴 해? 머리에 왜 거즈를 붙이고 있는지도 안 알려 주잖아."

아현은 손에 땀이 나는 걸 느꼈다. '그게 아닌데. 내가 말을 안 한 건, 네가 걱정할까 봐 그런 거야.' 하지만 입술 밖으로 말이 나오지 않았다. 그게 사실이 아니니까. 결국 아현은 들키기 싫은 거였다. 자신의 추한 모습을, 가장 친한 친구에게. 그러면 친구가 아니게 될 것 같으니까. 하지만 이런 상황에서 어떻게 해야 하는지 아현은 알 수 없었다.

'결국 난 말하지 못하고, 친구를 잃을까? 지레짐작하면서. 사건 후에 승주 언니한테 그랬던 것처럼?'

"아, 나 지금 너무 찡찡대는 초딩 같다."

다인이 몸에 힘을 풀었다. 아현이 다인에게 다가가야 할지 망설이고 있는데, 다인이 아현을 보더니 씩 웃어 보였다.

"걱정 마. 그냥 서운해서 말해 본 거야. 아, 쪽팔린다. 내일 봐. 집에 가야겠다."

'다인이는 뭘 걱정하는 걸까. 사랑스럽고, 나처럼 뭉쳐 놓은 쓰레기 같은 감정도 없는 것 같은데. 그러니까 저렇게 말할 수 있는 걸까? 누군가가 자신을 평가할 걸 두려워하지 않고.' 아현은 다가가서 다인의 팔을 잡았다. 다인이 아현을 쳐다봤다. 아현이 물었다.

"이따 저녁에 학교에서 볼래? 지금은 어디 다녀올 곳이 있어. 허락 맡을 것도 있고."

"저녁에?"

"그때 괜찮으면 다 말해 줄게."

다인이 웃었다. 좋다고 하면서.

아현은 버스 창에 이마를 대고 생각했다. '다인이가 그렇게 고민할 정도로 내 태도가 나빴나?'

아현이 사관 학교에서 나와 지금 다니는 학교에 들어왔을 때, 아현은 세상 모든 것이 자신의 적이라는 생각으로 학교를 다녔다. 아현이 정확히 카이저로 무슨 일을 저질렀는지는 기밀이라 일반인이 알 수는 없었지만, 아현의 뚱한 표정과 태도에 안 좋은 소문이 붙었다. 사관 학교에서 엄청난 사고를 쳤다, 사람을 죽였을 것이다, 메카닉으로 지나가던 사람을 밟았을 것이다, 그런 소문들이었다. 따지고 보면 얼추 사실과 비슷하기도 하다는 생각이 들어 아현은 소문을 일일이 반박하지 않았다. 사실, 그럴 수 있는 힘은 모두 방향을 알 수 없는 분노로 소진되고 있었다.

그런 아현에게 다인은 먼저 말을 걸어 주었다. 그때 아현은 다가오는 다인에게 스스로 생각해도 냉정하게 대꾸했지만, 다인은 계속해서 아현에게 말을 걸었고 결국 지금은 유일하다시피 한 친구가 되었다.

'다인이는 왜 나한테 그렇게 말을 걸었을까? 그것보다는, 그런 다인이조차도 내게 지쳐 버린 걸까.'

한숨을 쉬자 창에 김이 서렸다. 아현은 손가락으로 김을 닦아 내다가 도로 옆 저수지에 눈길이 갔다. '저수지 수위가 원래 저렇게 높았나? 작년에도 저랬나?' 아현은 작년 일이 잘 기억나지 않았다. 기억할 일이 없었다. 다인이 옆에 온 뒤부터야 기억할 수 있는 일들이 생겨났다. 아현이 앞으로의 날들도 기억하기 위해선 오늘 승주에게 꼭 허락을 맡아야 했다.

버스가 재난안전본부 앞 정류장에 서고, 아현은 진지한 표정으로 버스에서 내렸다. 승주에게 어떻게 말할지는 다 생각해 놓았다. 격납고에 가게 된 첫날부터 이런 걸 부탁하게 될 줄은 몰랐지만.

도착했다는 문자를 승주에게 보내자 곧 승주가 마중 나왔다. 오른쪽 어깨에 태극 마크가 붙은 조종용 슈트를 입은 승주는 아현이 알던 승주보다 훨씬 성숙해 보였다. '방송으로 봤을 때랑 느낌이 다르구나'라는 생각과 함께 자신도 저 슈트를 입을 수 있으면 좋겠다는 바람이 아현의 머릿속에 떠올랐다.

승주가 손을 머리 위로 들어 흔들었다. 아현도 미소 지으며 같이 손을 흔들어 주었다. 출입문을 지키던 경비원은 아현의 얼굴을 슬쩍 확인할 뿐 들어가는 걸 막진 않았다.

두 사람이 함께 격납고로 걸어가던 중에 승주가 말했다.

“뭐 할 말 있어?”

“뭐? 어? 어떻게 알았어?”

“너 사관 학교 때도 뭐 할 말 있으면 그렇게 미간 찌푸리고 허공 보면서 귀신 본 것처럼 중얼거리다가 말했잖아. 무섭다. 그냥 말해.”

승주가 아현의 어깨를 툭툭 두드렸다. 아현은 깊게 숨을 들이마신 뒤 승주의 눈을 똑바로 보려고 노력하며 말했다.

“나 여기 오는 거 친구 한 명한테만…….”

“안 돼.”

아현의 말이 끝나기도 전에 승주가 대답했다.

“내가 말했잖아. 민간인이 들어오는 게 알려지면 안

돼. 경비 아저씨도 내가 어떻게 포섭해 놓은 건데. 내가 사인을 몇 장 해 줬는지 알아?"

"근데, 그게……."

연습해 놓은 말들이 물거품이 되는 순간이었다. 아현은 당황해서 말을 더듬었다.

"나도 알려지면…… 그러면 언니가 곤란해지는 건 아는데, 믿을 만한……."

"아무튼 안 돼. 뭐 걔가 아무리 입이 무겁고 아무리 믿을 만한 친구여도……."

"정말 소중한 친구란 말이야!"

얼굴이 새빨개진 채 아현이 외쳤다. 주먹을 꽉 쥐고 소리를 친 후에야 부끄러움이 몰려왔다. 머리에 열이 올랐다. 승주가 눈을 크게 뜨고 입을 벌린 채 아현을 바라보고 있었다.

"뭐?"

승주가 물었다.

"그게 그러니까……."

"정말 소중한 친구?"

승주의 얼굴에 점점 미소가 번졌다.

"네가? 진짜? 그 정도인 친구가 있어? 사관 학교에서 인사도 제대로 하는 사람 없더니 여기선 어떻게 그런 친구를 만들었대? 네가 먼저 친해지자고 하진 않았을 것 같고. 걔가 엄청 노력했나 보구나. 맞지?"

'이 언니가 어떻게 이렇게 잘 아는 거지' 생각하며 아현은 고개를 끄덕였다.

"좋아."

승주가 말했다. 아현이 고맙다고 하려는데 승주가 검지를 펴고 아현의 눈앞에 내밀었다.

"대신 내가 먼저 보고. 나 만나게 해 줘. 동생이 처음 사귄 친구 얼굴 좀 보자."

"그럼 언니 오늘 저녁에 시간 돼? 사실 언니한테 허락 맡고 학교에서 만나서 말해 주려고 했거든."

"우와, 감히 허락 맡기도 전에 먼저 약속을 했어?"

승주가 웃으며 말했다. 그리고 핸드폰을 꺼내 뭔가를 잠깐 확인했다.

"좋아. 이따 나랑 같이 가. 오늘은 짧게 뭐 할지만 설명할 테니까. 학교에서 6시쯤 보자고 해 봐."

아현은 고개를 끄덕이며 다인에게 문자를 보냈다. 문

자를 보내기 무섭게 다인에게 좋다는 답장이 왔다. 승주가 빙글빙글 웃으며 아현에게 어깨동무를 했다. 아현은 아까 자신이 했던 말들이 다시금 쑥스러워져 바닥을 보고 걸었다.

격납고 앞에 도착하자 승주가 주머니에서 카드 키를 꺼내 문을 열었다. 문을 열고 들어가니 꿇어앉은 자세의 카이저가 보였다. 옆엔 앙헬도 있었다. 저번과 달리 어떤 전선도 연결되지 않은 카이저를 보니 아현의 마음이 들떴다. 그 앞의 꼬맹이를 본 순간 짜증이 솟구치긴 했지만.

“아, 선배. 진짜 부르신 거예요? 걔한테 배우라고요? 선배가 알려 주셔도 되잖아요. 사관 학교에서 아무리 잘했어도 민간인한테 뭘 배워요.”

“아현이 나보다 잘해. 전에 조종하던 기체라서 나보다 더 자세히 조언해 줄 거야. 그리고 너도 메카닉 뺏기기 싫다며. 그럼 민간인이 아니라 개한테서라도 배워야 하면 배워야 하는 거 아니야?”

아현은 처음 듣는 승주의 딱딱한 말투에 놀랐다. 꼬맹이는 머리를 긁으며 한숨을 쉬다가 아현 쪽으로 다가

왔다. 아현은 허튼소리 하면 이번에야말로 턱에 주먹을 꽂겠다는 생각으로 기다렸다. 하지만 예상과 달리 꼬맹이는 정중히 손을 내밀며 말했다.

"송민이야. 선배한테 네 이름은 들었어. 오아현 맞지? 아씨, 첫 만남은 개 같았지만, 이왕 이렇게 된 거 잘해 보자."

"……그래."

아현은 송민의 손을 잡았다. 송민이 말했다.

"일단 내가 키드에 대해 어떤 점이 궁금하냐면……."

아현은 일단 어떻게든 카이저에게 이름을 돌려줘야겠다고 생각했다.

5
아현은 숨길 수 있는 게 있으면 끝까지 숨긴다

"재는 왜 따라가는 거야?"

"일단 저녁 시간이라 나가는 거고…… 저녁에는 구내 식당도 안 하고 알다시피 본부 근처에 먹을 데가 없잖아. 너는 재를 굶겨도 상관없다고 생각하겠지만, 난 아니니까."

승주가 운전하는 차엔 세 명이 타고 있었다. 조수석엔 아현, 그리고 뒷좌석에 송민.

첫인상이 거칠었던 것치고 송민은 꽤나 협조적이었다. 비록 오늘은 송민이 직접 카이저에 올라 조종하는 모습을 보진 못했지만, 카이저의 고관절이라든지 어깨 가동 문제 등 이것저것 적어 온 질문거리들만 봐도 열심히 고민하고 있는 듯했다. 사관 학교 때 아현도 고민하던 것들은 그 자리에서 답해 주었지만, 나머지 문제들은 송민이 조종하는 걸 직접 봐야 알 수 있을 것 같았다. 아현의 조언을 듣고 내일 한번 해 보겠다며 흥분하는 송민은 당연하게도 완연한 메카닉 조종사였다. 그 모습을 보고 씁쓸한 감정이 치미는 아현은 당연하게도 그냥 아무짝에도 쓸모없이 목뒤에 구멍만 뚫린 민간인이었고.

아현은 룸 미러에 비치는 송민을 보았다. 그러다 송민과 거울로 눈이 마주쳤는데 송민이 뭘 보냐는 듯 눈썹을 구겼다. '재수 없는 새끼.' 룸 미러에서 시선을 거둔 아현은 차 앞 유리에서 쉴 새 없이 움직이는 와이퍼를 눈으로 좇다가 관두고 눈을 감았다.

학교에 도착하자 송민이 아현과 승주를 따라 내렸다. 결국 아현이 참지 못하고 말했다.

"너는 왜 내려?"

"왜 또 시비야. 난 내리면 안 돼?"

"너희 또 왜 그러니. 아현아, 친구는 어디 있대?"

승주가 물었다. 아현은 한숨을 쉬며 핸드폰을 꺼냈다. 다인에게 문자를 보내자 답장이 왔다.

"교실에 있대요."

"그래, 그러면 교실로 가자."

"와, 일반 학교 오랜만이다."

송민이 당당하게 앞장서서 교문으로 들어갔다. 아현은 어처구니가 없었다. 아현은 승주에게 붙어 물었다.

"쟤도 데려가?"

"네 친구 만나러 잠깐 학교 들른다니까, 학교 구경하고 싶대. 어쩌겠어. 뭐 못 따라갈 데 가는 것도 아니고……."

승주는 말하며 아현의 표정을 살폈다. 아현이 계속 굳은 표정을 짓고 있자 승주는 후다닥 송민의 뒤를 쫓았다. 아현은 손님이 좀 있을 예정이라고 다인에게 다시 문자를 보냈다. 다인에겐 '?' 하고 간단한 답장이 왔다.

교실 문을 열었을 때 아현을 반기던 다인은 승주를 보자 입을 떡 벌렸다. 승주는 여유롭게 인사를 하고 다인의 맞은편 책상에서 의자를 빼 앉았다. 아현은 멋쩍게 웃으며 다인 옆 책상에 걸터앉았다. 승주가 자신의 볼을 꼬집어 보는 다인에게 설명을 시작하려고 할 때였다.

"안녕하세요! 저는 구호 메카닉 조종사 송민이라고 합니다! 성이 송이고 이름이 민입니다."

갑자기 송민이 끼어들어 다인에게 거의 절하듯 인사를 했다. 다인은 당황해서 아현의 눈치를 보며 대답했다.

"아, 네……. 저는 아현이 친구 주다인이라고 합니다."

"학교 구경하고 싶다며. 밖에 좀 돌아다니고 있어."

아현이 말하자 송민은 고개를 저었다.

"아니야. 나는 교실도 구경하고 싶은걸? 다인 씨는 여기서 매일 공부하시나요?"

"아……. 그렇죠?"

하핫, 승주가 웃음을 터뜨렸다. 아현은 질색했다. '저 새끼가 혹시…… 감히 다인이를?'

"자, 지금은 시간이 없으니까 차차 알아 가기로 하고. 다인 씨, 제가 오늘 여기 왜 왔는지 알아요?"

승주의 말에 다인은 송민을 마주하던 뻣뻣한 표정에

서 금방 상기된 얼굴로 바뀌어 승주를 쳐다봤다. 승주는 방송에서 보던 사람 좋은 얼굴을 하고 있었다. 아현이 말했다.

"그 말해 준다던 비밀 있잖아. 그게 승주 언니의 허락이 필요한 일이라."

"승주 언니? 언니라고? 너 백승주 조종사님이랑 아는 사이야?"

다인이 흥분해서 물었다.

"저희 사관 학교 때 룸메이트였는데, 아현이가 말 안 했어요?"

승주의 대답에 다인은 와, 탄성을 지르더니 허리를 숙여 승주 쪽으로 가까이 얼굴을 대고 물었다.

"아현이는 사관 학교에서 어떤 아이였어요?"

그 질문에 승주가 물끄러미 아현을 보고 말했다.

"가장 소중한 친구 맞아? 이런 것도 얘기 안 했어?"

"아현이가 그렇게 말했어요? 가장 소중한 친구라고?"

다인이 잔뜩 들떠 아현을 보았다. 아현은 귀가 뜨거워지는 걸 느꼈다.

"아, 됐고. 본론으로 들어가면……. 언니, 말해도 괜찮아요?”

흐음, 승주는 턱을 괴고 다인을 살펴보며 고개를 갸웃거렸다. 다인이 입 모양으로 아현에게 “뭔데” 물었지만 아현도 해 줄 수 있는 말이 없었다. 그렇게 몇 초가 지났을까. 입을 연 건 송민이었다.

“뭔지는 몰라도 괜찮지 않을까요? 다인 씨인데. 그렇죠, 다인 씨?”

결국 다인이 참지 못하고 토하는 시늉을 했다. 그런데도 송민은 싱글벙글했다. 승주가 기지개를 켜며 말했다.

“좋아. 말해 드려. 민이도 괜찮다는데 뭐. 근데 그거 말고도 말할 게 많아 보이는데? 다인 씨, 언제 한번 놀러 와요. 정식으로.”

그 말을 끝으로 승주는 일어나 교실 밖으로 나갔다. 송민은 다인에게 다시 한번 인사하고 “근데 뭘 말해요?” 질문을 던지며 승주를 따라 나갔다. 두 사람이 나가자 아현과 다인 사이에 침묵이 찾아왔다. 그 침묵을 깨뜨린 건 아현이었다.

“사실 나 격납고에서 아까 그 꼬맹이가 메카닉 조종하는 걸 좀 도와주기로 했어. 근데 내가 민간인이고,

이게 본부에서 허가받은 건 아니다 보니까 여기저기 알려지는 건 좀 그래서……. 너한테 일부러 숨긴 건 아니야."

"그건 됐고. 백승주 조종사랑 친해? 과거에 룸메였다고? 실제로 어때? 너 이런 걸 말 안 하고 어떻게 사는 거야?"

다인의 계속되는 물음에 아현은 과거 이야기를 시작했다. 승주가 얼마나 좋은 사람인지, 사관 학교의 훈련이 얼마나 힘들었는지, 그런데도 그 생활이 얼마나 좋았는지. 이야기를 하다 보니 보호소 이야기까지 나올 뻔했지만 아현은 꾹 눌러 참았다.

그건 아직 말하기 힘들었다. 그런 이야기는 더 나중에, 정말 다인이 자신을 버리지 않는다는 확신이 든 다음에 하고 싶었다. 보호소에서 언니들에게 맞고, 동생들을 때린 이야기. 아현 자신도 결국 그 안에서는 나쁜 사람이었고, 아현이 어떤 이야기를 해도 핑계처럼 들리겠지만 정말 어쩔 수 없었다는 변명.

"그럼 요새 빵 껍질 모드였던 건 왜 그랬던 거야?"

"솔직히 말하면, 사관 학교 그 좋았던 곳으로 돌아갈

수 없다는 생각이 들어서. 내 인생은 너무 일찍 망해 버렸고, 일상은 지겨워서."

다인은 잠깐 말이 없다가 대답했다.

"내가 안 지겹게 해 줄게."

아현은 다인을 바라봤다. 다인의 목덜미가 새빨개지고 있었다. 아현이 웃음을 터뜨렸다.

"네가 말해 놓고, 네가 창피해하는 거야?"

다인이 발끈해 뭐라고 하려는데 복도 쪽에서 소리가 들렸다. 발소리와, 문이 열렸다 닫히는 소리였다. 소리가 점점 가까워지고 있었다.

"뭐야? 들려?"

아현이 묻자 다인이 겁먹은 표정으로 대답했다.

"응, 들려. 뭐지?"

"승주 언니가 돌아왔나?"

그러는 사이 불쑥 검은 그림자가 교실 문 바깥으로 보였다. 누가 먼저랄 것도 없이 아현과 다인은 비명을 질렀다. 교실 문이 벌컥 열리고 두 사람의 눈에 먼저 보인 건 커다란 도끼였다. 비명은 더욱 커졌다.

"뭐야, 너희 왜 아직도 여기 있어?"

비명을 멈추고 교실 문 앞에 서 있는 사람의 얼굴을 자세히 보니, 담임이었다. 아현이 버럭 소리를 질렀다.

"그러는 쌤은 왜 있어요? 도끼는 뭐예요? 진짜 놀랐잖아요."

"야, 학교에 선생 있는 게 잘못이냐? 이 시간에 너희가 있는 게 이상한 거지. 안전 점검 돈다, 안전 점검. 그리고 너희같이 학교에 숨어들어 있는 놈들도 잡아야지. 빨리 안 나와?"

"도끼, 도끼는 뭐예요."

눈에 눈물이 고인 다인이 비틀비틀 교실 문 쪽으로 걸어가며 다시 물었다.

"……비상용."

담임이 대답했다.

아현과 다인은 담임의 잔소리를 한껏 들은 다음 학교를 빠져나왔다. 다인이 툴툴거리며 말했다.

"진짜 뭐야. 무슨 안전 점검이야. 학교에 누가 있다고."

"수상해. 아까 그 도끼 차에 넣고 다니더라니까."

"이상해. 알아봐야겠어."

"뭘?"

아현이 물었지만 다인은 “이상해, 이상해” 중얼거리며 먼저 앞서 걸어 나갔다. 아현은 그 뒷모습을 보다가 아까 나눈 이야기들이 생각나 몸을 배배 꼬았다.

6
아현은 틈이 나면 자신을 곱씹는다

아현은 3주 동안 송민을 굴리고 있었다. 물론 송민이 출동하거나 업무가 있는 날엔 빠지긴 했지만. 그런 날이 아니면 아현은 방과 후 쓰레기 줍기를 끝낸 후 버스를 타고 격납고로 향했다. 처음엔 감히 다인에게 호감을 표시한 괘씸죄로 송민을 갈구기 시작했지만, 점점 거기에 다른 감정이 담기고 있다는 걸 아현 스스로도 알았다. 송민이 눈앞에서 카이저를 조종하고 있다는 것에 대한 질투심과 부러움, 자신보다 못한 사람이 카이저를 조종한다는 억울함, 자기가 더 잘할 수 있을 거라는 자부심, 그리고 결국 자신이 다시 카이저를 조종할 일은 없을 거라는 자괴감과 슬픔. 그 모든 감정이 송민에게 악을 지르는 것으로 터져 나왔다. '거리감을 왜 자꾸 파악 못 하냐.' '좀 더 네 몸과 다른 관절 가동 범위에 익숙해져라.'

"카이저가 너 같은 꼬맹이냐!"

오늘도 아현은 카이저의 통신망과 연결된 헤드폰으로 소리를 지르고 있었다. 카이저가 주춤주춤, 하던 행동을 멈추고 다시 처음부터 그 행동을 반복했다. 헤드폰에선 "키드인데" 중얼거리는 송민의 목소리가 들렸다. 아현은 카이저 안에서 송민이 어떤 표정을 짓고 있을까 상상해 보았다.

그때 누군가 아현의 어깨를 두드렸다. 승주였다. 아현은 헤드폰을 벗었다. 종종 앙헬을 타고 도와주기도 했던 승주는 요새 얼굴 보기가 힘들었다.

"언니!"

아현이 반갑게 외쳤다. 손에 든 헤드폰에서 송민이 뭐라 말하는 소리가 들렸다. 승주가 손을 뻗어 아현의 헤드폰을 가져갔다.

"민아, 좀 쉬었다 하자."

승주가 헤드폰에 대고 말했다. 곧 카이저가 움직임을 멈췄다. 승주가 씩 웃으며 아현을 바라봤다. 승주의 얼굴은 좀 피곤해 보였다.

"그렇게 민이가 싫니?"

승주의 목소리는 차분했다. 아현은 갑자기 자기가 질렀던 소리가 생각났고, 얼굴이 달아올라 고개를 숙였다. 멈춘 카이저에서 송민이 뛰어내리는 기척이 느껴졌다. 승주가 근처 의자에 걸려 있던 수건을 송민에게 던져 주었다. '송민이 싫냐고? 맞다.' 하지만 그것이 자신의 찌그러진 마음에서 비롯된 것을 알기에 아현은 부끄러웠다.

"어땠어? 좀 나아진 것 같지 않아?"

송민이 쾌활하게 말했다. 아현은 대꾸하지 않았다. 승주가 아현의 어깨를 격려하듯 툭툭 두드리고 말했다.

"민아, 잠깐 얘기 좀 하자."

"왜요? ……아, 네."

승주와 송민은 격납고 구석으로 갔다. 아현은 비척비척 의자로 가 앉아 심각한 표정으로 이야기를 나누는 둘을 바라보았다. '무슨 이야기를 하는 걸까?' 아현은 눈을 감고 상상해 보았다. 저기 서 있는 자신의 모습을. 함께 고민을 나누는 메카닉 조종사로서의 모습을. 열등감에 절어서 이상한 분노만 쏟아 내고 있는 자신이 아니라.

승주에게 제안을 받은 뒤, 처음에 아현은 카이저를 가까이서 계속 볼 수만 있어도 좋을 줄 알았다. 처음 상상한 대로 활약을 하고 망가져 버린 꿈을 고쳐 나갈 수 있을 줄 알았다. 다시 옛날처럼 기대에 부응하며 만족스러운 하루하루를 살아갈 줄 알았다. 그러나 오히려 여기서 느낀 건 지금처럼 외따로 떨어져 느끼는 소외감과 초라함, 그것뿐이었다. 아현은 고개를 들어 카이저를 바라보았다. 열린 해치 안쪽으로 플러그가 보였다.

'저 안에 들어갈 수 있다면. 한 번이라도 그럴 기회가 있다면. 지금 이 더러운 기분이 좀 나아질 수 있지 않을까? 내 능력을 승주 언니와 송민에게 보여 준다면, 저 둘 사이에 나도 끼워 주지 않을까?'

"유 박사가 또요? 그 사람은 왜……!"

송민이 소리를 질렀다. 아현은 고개를 돌려 승주와 송민 쪽을 바라보았다. 승주가 아현 쪽 눈치를 살피며 입술에 손가락을 올리는 게 보였다. 아현은 애초에 관심도 없었다고 외치고 싶었지만, 입술을 물고 참았다. 핸드폰을 꺼내 보자 다인으로부터 문자가 와 있었다. 저녁은 먹었냐는 물음과 담임의 이야기를 알아냈다는 내용이었다.

'무슨 이야기?'

대충 답장을 보내고 나니 승주와 송민이 어느새 옆에서 있었다. 승주가 아현을 불렀다. 아현은 핸드폰을 탁자 위에 내려놓고 대답 없이 승주를 쳐다봤다.

"어때? 네가 객관적으로 보기에. 민이 조종이 나아졌어?"

'나아졌어. 예전과는 비교도 안 될 정도로. 전보다 부드럽게 움직이고, 힘 조절도 세밀해졌어.' 하지만 입술이 벌어지지 않았다. 그렇게 말하면 자신이 정말 여기서 하나도 쓸모없어지는 것 같았다. 아현은 대신 말했다.

"나 잠깐 바람 좀 쐬고 올게."

아현은 일어나서 격납고 문 쪽으로 걸어갔다. 아현을 잡으려는 듯 승주의 손길이 손등에 스치는 걸 느꼈지만 무시하고 아현은 계속 걸었다. 쪽문을 열고 나가 소리

나게 닫았다. 캄캄한 어둠을 빗소리가 채우고 있었다. 아현은 출입문 위 전등에 날아드는 벌레들을 보다가 제자리에 쪼그려 앉았다.

아현은 자신이 어떠한 원 밖에 있는 사람이란 생각이 들었다. 그 원에 들어가기 위해 날아드는 벌레 같다는 생각도. 승주와 송민의 바깥에서, 카이저의 바깥에서, 보통의 삶 바깥에서 어쩌지도 못하고 발만 동동 구르는 것 같은 기분. 아현은 한숨을 쉬었다. '5분만 있다가 들어가야지' 생각하고 시간을 확인하려 핸드폰을 꺼내려는데 주머니에 핸드폰이 없었다. 핸드폰을 탁자 위에 두었던 게 생각났다.

'뭐 이따가 문 두드리면 누가 열어 주겠지…….'

다인이 보고 싶었다. 아현을 받아 주는 유일한 사람. 다인을 곰 인형처럼 껴안고 싶었다. 그러다 문득 아현은 아까 다인이 말한 담임 이야기가 뭐였는지 궁금해졌다. '뭘 알아냈다는 걸까? 늘 잠 못 잔 얼굴인 것에 대해? 밤에 도끼를 들고 학교를 돌아다닌 것에 대해? 더 연락 온 게 있으려나?'

확인을 하고자 주머니에 손을 넣다가 아현은 다시금

핸드폰을 두고 온 걸 깨달았다. '아이고 멍청아.' 아현은 다시 긴 한숨을 쉬고 일어났다. 문을 마주 보고 심호흡을 했다. '아무렇지 않은 것처럼 행동하자. 생각해 보니 진짜 아무 일도 없잖아. 내 기분이 나쁜 것뿐. 근데 유 박사가 누구지? 어디서 들어 본 것 같은데. 아무튼 이제 문 열어 달라고 연락을…… 아오, 진짜 개멍청이냐?'

아현은 문을 두드리려고 주먹을 들었다. 그때 옆에서 카드 키를 든 손이 불쑥 튀어나왔다. 아현은 비명을 질렀다. 거기엔 눈 밑이 새까만 사람이 서 있었다. 아현은 그제야 유 박사가 누구인지 기억났다. 현장 학습 때 그 박사. '그럼 이 사람이 승주 언니가 말한, 카이저를 빼앗으려는 사람인 건가?'

"들어가려던 거 아니니?"

유 박사가 물었다. 아현은 그렇다고 대답하려다가 입을 다물었다. 자신이 출입하는 걸 들키면 안 된다는 생각이 뒤늦게 머릿속을 스쳤다.

"아니요. 그냥 비 피해서 서 있는데요."

'진짜 멍청아. 그게 변명이 되냐?' 아현은 혀를 깨물고 싶었지만, 유 박사는 표정 변화 없이 말했다.

"그래? 이번 계절에 예년보다 강수량이 훨씬 많아지긴 했지."

"네?"

"……음, 그냥 아이스 브레이킹이었어."

"……아, 네……."

문 안쪽에서 달려오는 발소리가 들리더니 문이 벌컥 열렸다. 승주와 송민이 놀란 표정으로 안에 서 있었다. 승주는 유 박사를 발견하고 표정이 서서히 굳었다. 송민도 어찌할 바를 모르는 얼굴이었다. 유 박사는 승주의 적대적인 표정에도 큰 표정 변화 없이 승주를 내려다보고 있었다. 승주는 유 박사를 외면하고 아현에게 말했다.

"왔구나?"

"응? 네?"

"비 피하고 있다고 했는데……. 원래 오기로 했던 건 맞나 보네."

유 박사가 아현을 보며 말했다. 승주가 유 박사와 아현 사이로 끼어들었다.

"제 후배예요. 퇴근할 때 만나기로 해서. 박사님은 무슨 일인데요?"

"조종사님이 대화 중에 그냥 그렇게 가 버리시니까 찾아왔죠."

"그게 대화예요? 일방적 요구지."

"요구라기보다는 명령에 가깝지 않나요? 이미 허가가 나온 상황인데요."

"저도 정식으로 항의할 겁니다."

"민간인 출입은 괜찮고, 상부의 명령엔 항의하겠다고요?"

유 박사의 말에 승주가 입을 다물었다. 아현은 대충 상황을 파악해 보려 했지만 머리가 돌아가지 않았다. 다만 자신 때문에 승주가 불리해진 건 알 수 있었다. 난처했다. 도망가고 싶어 다리가 근질거렸다.

"둘은 잠깐 들어가 있을래?"

승주가 아현과 송민을 살피며 말했다. 둘은 고개를 끄덕이고 격납고 안으로 들어갔다. 아현은 문을 닫은 뒤 문에 귀를 대는 송민을 끌고 격납고 안쪽으로 들어왔다. 송민은 씁, 소리를 내며 짧은 머리를 긁적이다가 아현에게 물었다.

"왜 들켰어?"

아현은 발끈해서 대답했다.

"야, 내가 들키고 싶어서 들켰겠어?"

"그냥 물어본 거야. 어쩌다 잡혔는지."

"너는 말투가……, 됐다. 몰라. 다른 생각 하다가 정신 차려 보니까 옆에 있던데."

잠깐 침묵이 흘렀다. 이번에 먼저 입을 연 건 아현이었다.

"무슨 일이야? 저 사람이 멀쩡한 카이저를 왜 가져가려는 거야?"

"……기밀이야. 외부인은 몰라도 돼. 그리고 카이저 아니고 키드야."

아현은 이번엔 참지 못했다.

"아니, 뭐 나 따돌려? 나도 좀 관계있는 일 아니야? 전엔 아니었더라도 유 박산지 뭔지 저 사람한테 들킨 지금은 그렇지 않아? 좀 알려 주면 안 돼? 그리고 너는 말투가 진짜 짜증 난다."

"다인 씨도 그러던데."

"뭐?"

"네 핸드폰으로 전화 왔었거든. 내가 받아서 대꾸했는데 말투 짜증 난다고 하더라."

"네가 내 전화를 왜 받아. 그리고 그 말이…… 지금 왜 나와?"

"아무튼 미안. 말투는 여기저기서 지적 많이 받아. 에이씨, 누구 말마따나 보호소 출신은 어디 가도 티가 나나 보다."

'보호소.' 아현은 순간 머리까지 솟구쳤던 피가 가라앉는 걸 느꼈다.

"그리고 기밀은 기밀이니까. 너무 서운해하지 마. ……이것도 말투 좀 그런가? 서운해 하지…… 않았으면 좋겠어? 어때, 이러면 좀 낫냐?"

"너희 보호소는 어땠는데?"

아현이 물었다. 송민은 뭘 그런 걸 묻냐는 듯 눈썹을 치켜올렸다가 인상을 찌푸리더니, 쯧 하고 입소리를 냈다.

"뭐, 너도 보호소 출신이라며. 비슷비슷하지 않겠냐. 여자들은 좀 다른가? 선생들은 관심 없고, 형이라고 부르기도 싫은 새끼들은 애들 때리고. 난 거기다 키도 작으니까 말투라도 세게 했지."

아현이 지내던 보호소도 크게 다르지 않았다. 재난 상황이 잦아지면서 고아가 늘어났고, 그 아이들을 수용하기엔 아직 미비한 것이 많았다. 부족한 보호소의 어른들은 편하다는 이유로 아이들 사이에 위계질서가 생기는 걸 방치했다. 그리고 거기에서 살려고 발버둥 치는 아이들이 있었다. 살겠다고 시키는 대로 따르는 아이들.

"너도 애들 팼냐? 기부 물품 뺏어서 팔고 그랬어?"

아현이 말을 뱉고 시선을 돌렸다. 송민을 쳐다볼 수 없었다.

"뭐? 그래 보이냐? 진짜 다 걸고 절대 그런 적 없어. 그거 싫어서 메카닉 조종사 되려고 얼마나 고생했는데. 왜? 너는 그랬냐?"

아현이 뭐라고 대답하려던 찰나 격납고의 문이 열렸다. 승주가 얼굴을 찌푸리며 들어왔다. 아현과 송민은 걱정스러운 표정으로 승주를 바라봤다. 시선을 느낀 승주가 미소 짓더니 아현을 보고 말했다.

"아현아, 잠깐 나가 볼래? 유 박사가 널 좀 보고 싶대."

"날? 왜?"

승주는 어깨를 으쓱해 보였다. 문 쪽을 보니 유 박사가 팔짱을 끼고 아현을 기다리고 있었다. 눈을 감고 있었는데, 그렇게 조금이라도 자려는 사람처럼 보였다. 아현은 침을 꿀꺽 삼키고 그쪽으로 천천히, 자꾸 고갤 돌려 승주를 확인하며 걸어 나갔다.

7
아현은 정해진 시간에 잠들기 실패하면 잠을 설친다

데려다주겠다는 승주의 말을 극구 사양했지만 결국 아현은 승주의 차에 올랐다. 혼자 가며 유 박사의 말을 곰곰이 생각해 보려 했는데, 다행히도 승주가 말없이 운전을 시작해 아현도 생각에 빠질 수 있었다.

유 박사는 승주나 송민과 다르게 아현을 마주하자마자 자기가 하려는 일을 쭉 설명해 주었다.

유 박사는 신경 연결 대체 기술을 개발하고 있었다. 메카닉에 신경 연결이 가능한 미성년자가 아닌, 성인을 태우는 게 목표라고 했다.

“현재로선 거기에 송민 조종사의 메카닉, KSM-020이

가장 적합해."

아현이 아무런 말도 하지 않자, 유 박사가 말을 이어나갔다.

"KSM-020 기종에만 탑재된 기능이 있거든. 워낙 커다란 메카닉이다 보니, 주 조종사의 신경 전기 신호 데이터를 축적해 메카닉을 더 효율적으로 움직이게 하는 일종의 보정 기능이 있어. 내가 개발하려는 건 그걸 응용한 기능이야."

"왜 다른 메카닉에는 그런 기능이 탑재되지 않았죠?"

"그게 효율적이려면 일단 크기가 충족돼야 하고, 그런 기능을 따로 탑재하는 게 효율적일 만큼 조종사가 오래 일하지 못하니까."

"왜 저예요? 송민은요?"

"송민 조종사는 백승주 조종사의 말을 너무 잘 듣잖니. 백승주 조종사는 나를 싫어하고. 네가 도와주면 송민 조종사의 협조 없이도 실험을 할 수 있으니까."

"저는 박사님 말을 들을 것 같고요?"

"아마도. 난 너에 대한 정보를 다 꿰차고 있어. 네가 사관 학교에서 어느 정도의 성적을 받았는지, KSM-

020을 어떻게 조종했는지, 어떤 사고로 메카닉 조종사를 못 하게 되었는지. 그리고 그 후의 탄원서들도."

아현은 숨이 턱 막히는 느낌이었다. '그걸 어떻게 전부 열람할 수 있었던 걸까.' 유 박사는 아현의 생각을 읽은 듯 말했다.

"내가 생각보다는 발이 넓거든. 그보다, 전화번호 좀 줄래?"

"저에 대해 다 아신다면서요."

"아는데, 그래도 개인 정보 수집 동의차 물어보는 거야."

"제가 왜 동의해야 하는데요?"

"너 메카닉 다시 타고 싶잖아?"

그 말을 하던 유 박사의 표정이 아현의 머릿속에 생생히 떠올랐다. 다 알고 있다는 듯 옅은 미소를 띤 그 표정. 떡 진 머리카락을 확 잡아당기고 싶을 만큼 얄밉지만, 도저히 반박할 수 없는 말을 유 박사는 뱉었다.

"……현아. 아현!"

승주의 목소리에 아현은 정신을 차렸다. 어느새 아현의 집 앞이었다. 아현은 눈을 깜빡거리다가 말이 툭 튀어나오는 걸 참지 못했다.

"언니는 왜 반대해?"

"뭐?"

"유 박사가 다 말해 줬어. 지금 개발하는 기술에 대해. 언니는 거기에 왜 반대하는 거야?"

"그걸 너한테 다 말해 줬다고? 다른 말은 없었어?"

"왜, 나한테 말해 주면 안 돼?"

"넌 민간인이잖아. 외부인이라고. 근데 그런 걸 말해 주면……."

"아, 언니는 날 외부인으로 보는구나. 유 박사는 그렇지 않았던 것 같은데."

"아현아."

"그래서 왜 반대하는 건데?"

승주는 깊이 한숨을 쉬고 대답했다.

"우리 목숨과 관련되어 있으니까. 실험한다고 우리 팔다리를 잘라 가는 것과 똑같으니까. 메카닉을 가져가는 일이 그렇게 빈번해지면 긴급 상황이 닥쳤을 때 우린 어색한 팔다리로 현장에 나가야 하고, 거기서는 무슨 사고가 발생해도 이상하지 않아. 거기에 반대하는 거야."

"언니, 나 카이저 한 번만 조종하게 해 주면 안 돼?"

"뭐? 그건 안 된다고 애초에 말했잖아."

'유 박사는 타게 해 준대'라는 말이 나올 뻔했지만 아현은 이번엔 참았다. 마트 바닥에 누워 떼를 쓰는 어린애가 된 기분이었다.

"갈게."

아현은 차 문을 열고 나와 승주의 차가 떠나는 걸 바라보았다. 깜빡이던 후미등이 잔상으로 남았다. 거기엔 안 된다고 말하는 승주의 얼굴도 남아 있었다.

자기 전에 처음 보는 전화번호로 연락이 왔다. 그런데도 아현은 그게 누군지 알 수 있었다. 받는 게 맞을까 고민하는 동안에도 전화벨은 계속 울렸다. 아현은 결국 끊기기 전에 전화를 받았다. 역시나 유 박사였다.

유 박사는 별다른 이야기를 하지 않았다. 아까 했던 이야기와 같았다. 유 박사는 아현이 필요하고, 아현은 카이저를 조종할 수 있다. 하지만 잔상으로 남은 승주의 얼굴이 자꾸만 아현의 마음에 걸렸다.

다음 날, 결국 잠을 설치고 피곤한 채로 교실에 도착

하자마자 다인이 옆으로 와 말을 걸었다.

"어제 왜 걔가 전화를 받은 거야?"

"걔? 누구? 송민?"

"어. 걔는 말투가 왜 그래?"

"걔가 성격이 나쁘거나 일부러 그러는 게 아니고, 그냥 말하는 게 좀……."

"그러니까 내 말이. '안녕하세요, 다인 씨. 언제 식사 한번 대접할 수 있으면 좋겠네요.' 무슨 머리에 기름 낀 아저씨 같아. 자기 전화번호도 저장하라고 불러 주더라니까."

'아, 네가 듣는 건 그런 말투였구나.' 아현은 옹호해 주려던 자신이 하찮게 느껴졌다.

"그나저나 담임 이야기는 뭐야?"

아현의 말에 다인은 주변을 살피더니 아현에게 좀 더 가까이 붙었다. 다인의 머리카락이 볼을 간지럽혔다. 다인은 한껏 목소리를 낮추고 말했다.

"담임 강박증이래."

"강박증?"

다인이 아현 쪽으로 머리를 더 들이밀었다. 이제 다인

의 머리카락이 아현의 콧구멍으로 들어갈 것 같았다.

"대지진 때, 전에 있던 학교에서 학생들이 사고로 좀 많이 죽었대. 그 뒤로 뭔가 안전하다고 확인이 안 되면 미치겠나 봐. 매일 학교에 남아서 1층부터 옥상까지 다 확인한대."

"그럼 도끼는? 근데 너는 이걸 어디서 들었어? 내 소문같이 헛소문 아니야? 내가 메카닉으로 사람을 밟아 죽였다는 말도 도는 곳이잖아."

다인은 극구 부인했다.

"아니야. 내가 들은 게 있어서 그래. 그러려고 교무실을 몇 번이나 들락날락했는데. 그리고 기사도 있더라."

다인은 핸드폰을 만지작거리더니 아현에게 캡처한 화면 하나를 보여 줬다. 뉴스 기사였는데 제목은 이랬다.

'남부 대지진으로 학교 붕괴. 한 학급의 비극. 담임 선생님만 살아남아.'

아현은 속이 메스꺼워졌다.

"어디 말하고 다니면 안 되겠다."

"그렇지? 생각보다 심각한 이야기였어."

다인이 고개를 끄덕이며 말하고는 자기 자리로 돌아가려 자리에서 일어섰다. 아현은 잠깐 생각하다가 다인의 손을 잡았다.

"나 고민 있는데 말해도 돼?"

"뭐 그런 걸 물어봐. 당연히 되지."

아현은 다인에게 자기가 처한 상황에 대해 말했다.

"다시 카이저를 탈 기회가 생겼어. 근데 그러면 나는 승주 언니를 배신하게 되는 거나 마찬가지야. 하지만…… 나는 카이저를 타야만 더 나은 사람이 될 수 있을 것 같아."

다인이 흠, 한참을 생각하더니 대답했다.

"승주 님을 설득해야겠네."

"하지만 언니 반응이 너무 철벽이야."

"어쨌든 너는 메카닉을 조종하고 싶은 거잖아."

"그렇지."

"거기에 대해 거짓이나 과장이나 불순한 의도가 있어?"

"아니."

"그럼 말해. 승주 님이 받아들일지는 모르겠지만, 넌 네가 하고 싶은 것에 대해 말할 자격이 충분히 있어."

'그런가? 내게 그런 자격이 있을까.'

용기를 얻은 아현이 다인에게 물었다.

"같이 가 줄래?"

"당연하지."

다인이 웃으며 대답했다.

하지만, 아현이 말을 꺼내자 승주는 이해하기 힘들다는 표정을 지었다. 아현은 승주의 그런 표정을 처음 보았다. 옆에 있던 다인도 당황한 눈치였다. 송민은 승주의 옆에 서 있다가 조금씩 뒤로 물러나는 중이었다. 카페 안에 있는 모두가 승주를 보고 수군거리고 있었지만 승주는 목소리를 낮추지 않았다. 카페 직원조차 커피가 나왔다고 말을 못 하고 있었다.

"그게 말이 된다고 생각해? 정말?"

아현은 말을 잇지 못했다. 예상하던 반응이 아니었다.

"일단 좀 나가요."

송민이 승주의 팔을 잡아끌었다. 승주는 한숨을 쉬며 카페 밖으로 나갔다. 카페 안에 남은 아현은 다인을 바라보았다. 다인도 아현을 바라보았다. 주변에서 사람들이 수군거렸다. 다인이 아현의 팔뚝을 툭툭 쳤다. 그제야 아현은 정신을 차릴 수 있었다. 아현과 다인은 시켰던 커피 네 잔과 다인 몫의 머핀 두 개를 들고 밖으로 나갔다. 승주와 송민이 심각한 표정으로 대화를 나누고 있었다. 아현은 그곳에 다가가기 겁났다.

"어떡해?"

아현이 다인에게 소곤거리며 묻자 다인이 말했다.

"넌 잘못한 거 없어. 네가 하고 싶은데 어쩔 거야. 일단 더 이야기를 해 보자."

다인은 거의 아현을 밀다시피 해서 승주와 송민이 있는 쪽으로 갔다. 다인이 들고 간 커피 두 잔을 내밀자 송민은 "다인 씨, 정말 감사합니다" 하며 허리를 숙였고 승주는 받자마자 뚜껑을 열어 벌컥벌컥 마셨다.

"유 박사가 하려는 건 결국 우리보고 쓸모없는 사람이 되라는 거랑 똑같지 않아? 그리고 민이는 어떡할 건데. 여태까지 해 왔던 건? 그리고 내가 저번에도 말했잖아. 그걸 듣고도 이러는 건, 네가 민이 목숨을 담보로 잡겠다는 말이야? 그래도 하겠다고?"

"내가 그걸 도와주면, 카이저도 탈 수 있고 송민 역할을 내가 대신할 수도 있잖아. 송민이 새 기체를 받아 적응하는 동안 내가 현장에 나가면 되지. 그러면 나한테도 구호 메카닉 조종사로 활동할 기회가 올지도 모르고……."

"네가 구호 메카닉 조종사가 된다고?"

"나한테는 세 가지 길이 있었어. 보호소 때, 사관 학교 때, 그리고 사고가 생긴 이후. 그중에 가장 좋았던 길로 돌아가고 싶은 마음뿐이야. 그게 잘못된 건 아니잖아."

"……너는 그게 길로 보여?"

"뭐?"

"네가 길이라고 생각하는 건 길이 아니란 것만 알아 둬. 너만 파먹는 짓이야. 네가 지금 하려는 건 말이 안 돼."

"왜 말이 안 되는데? 내가 아직 조종사 되고 싶어 하는 거 언니도 알았잖아."

"아니, 전혀 몰랐어. 상상도 못 했어. 넌 그게 말이 된다고 생각해?"

아현은 입을 다물었다. 승주가 입을 벌렸다. 잠깐 사

이지만 고민하고 있다는 걸 아현은 알 수 있었다. 하지만 결국 승주는 말했다.

"네가 메카닉 안에서 사람을 구할 수 있어? 카이저 안에서? 너 위험해. 너뿐만 아니라 다른 사람들까지도 위험하게 만들 거라고."

승주가 뒷말은 생략했지만 아현에겐 들리는 것 같았다. '날 죽일 뻔했잖아. 기억 안 나?' 아현도 순간 속에서 뭔가 치밀었다. 얼굴이 달아오르고 숨이 가빠지는 게 느껴졌다.

"너는 왜 자꾸 거기서 멈춰 있으려 하는 거야?"

아현이 뭐라고 대꾸하기도 전에 승주가 돌아서서 가 버렸다.

'내가 도망 다닐 때 언니는 이런 느낌이었을까? 근데 언니는 어떻게 나를 쫓아온 거지. 이렇게 화가 나는데.'

아현은 움직일 수 없었다. 눈물이 찔끔 났다.

'내 모든 걸 보여 줬는데.'

송민이 머리를 긁으며 승주를 따라갔다. 다인이 아현의 등을 쓸어 주었다.

아현은 눈물을 닦고 핸드폰을 꺼냈다. 그리고 유 박

사에게 전화를 걸었다. 신호음 한 번이 채 끝나기도 전에 유 박사가 전화를 받았다.

“저 할게요.”

아현이 말했다.

8
아현은 새로운 사람을 보면 일단 날을 세우고 본다

그다음부턴 일사천리였다. 본부에서 학교로 공문을 보내 아현은 점심만 먹고 격납고에 갈 수 있게 되었다. 아현은 유 박사가 메시지로 보내 온 링크를 타고 들어가 핸드폰에 출입증을 다운로드했다.

처음 본부에 가는 날이 되자 담임이 교무실로 아현을 불렀다. 아현은 또 무슨 잔소리를 하려고 하나 생각했지만, 담임은 의외로 별다른 말 없이 안 다치게 조심하라고만 이야기했다. 점심을 먹고 버스 정류장까지 다인이 배웅을 나왔다. 다인은 아현의 주머니에 과자를 쑤셔 넣어 주고는 "파이팅", 응원까지 해 주었다. 그날 이

후로 승주에게는 따로 연락이 없었다.

버스는 막힘없이 달려 본부에 도착했다. 무슨 일로 왔냐고 묻는 경비원에게 핸드폰으로 출입증을 보여 주자 경비원은 순순히 아현을 들여보내 주었다.

아현은 격납고 앞에서 승주와 송민을 마주쳤다. 승주는 무슨 말을 하려다가 말고 고개를 돌렸다.

"덕분에 새 메카닉 타게 됐어."

송민이 아현을 비꼬았다. 아현은 심장이 빨리 뛰는 걸 느끼며 송민의 말을 못 들은 척했다. 그보다 승주가 자신을 무시하기로 한 건지가 신경 쓰였다. 승주는 송민을 잡아끌고 건물 뒤편으로 사라졌다. 그 모습을 보다가 아현은 격납고 문에 카드 키를 댔다. 가벼운 기계음이 나며 문이 열렸다. 아현은 천천히 문을 밀고 안으로 들어갔다.

환한 조명 아래로 격납고 한가운데 해치가 열린 카이저가 보였다. 벽 쪽으로는 앙헬과 처음 보는 메카닉 한 대가 서 있었는데, 아마 송민에게 새로 배정된 메카닉인 것 같았다. 카이저 앞쪽으로 태블릿을 들고 있는 유 박사와 직원 몇 명이 흰 가운을 입고 서 있었다. 아현이 가까이 다가가자 유 박사가 고개를 까닥여 아현에게 인사했다. 아현은 허리를 숙여 인사하고 물었다.

"저…… 뭐 하면 되나요?"

"오늘까지만 여기로 오면 돼. 다음부터는 연구실 옆쪽에 실험을 위한 간이 격납고가 있으니, 그쪽으로 와. 첫날이니까 좀 쉬었다 시작할까?"

아현은 카이저를 올려다보았다. 카이저의 외관이 조명을 받아 반짝이고 있었다.

"지금 바로 해도 돼요."

아현은 직원의 안내에 따라 탈의실로 가 우비와 교복을 벗고 메카닉 조종용 슈트로 갈아입었다. 목뒤가 노출된 슈트를 입자 온몸에 소름이 돋았다. 기분 좋은 소름이었다.

다시 카이저 앞에 섰을 때, 유 박사가 물었다.

"그렇게 좋니?"

아현은 그제야 자기가 미소를 짓고 있었던 걸 깨닫고 표정을 풀었다. 유 박사는 아현에게 유의점 몇 가지를 일러 주었다.

"요전에 한 검사에서 이상은 없었어. 콘센트도 정상

이고 네 신경, 신체 다 정상 범주 안에 있었어. 긴장하지 말고 그냥 내가 시키는 대로 하면 될 거야."

"긴장 안 해요."

아현은 사다리를 타고 해치로 올라갔다. 카이저 내부에 들어온 건 오랜만이었는데도 모든 것이 기억났다. 아현은 오른쪽 버튼을 눌러 해치의 문을 닫고, 머리 위의 버튼으로 플러그를 활성화하고, 팔과 다리에 안전장치를 고정하고, 마지막으로 플러그를 콘센트에 꽂았다.

눈앞이 캄캄해졌다가 다시 환해졌다. 높아진 시선에 살짝 머리가 어지러웠다. 팔다리는 전기가 통한 듯 저릿했지만 가슴은 벅차올랐다. 유 박사의 목소리가 들렸다.

"들리니? 일단 천천히 움직여 볼래?"

아현은 손가락을 움직였다. 카이저의 손이 주먹을 쥐었다가 폈다. 아현은 팔을 움직였다. 카이저는 팔을 한 바퀴 돌려 몸을 푸는 듯한 움직임을 취했다. 아현은 다리에 힘을 주었다. 쭈그려 앉은 자세였던 카이저가 본격적으로 일어났다. 그리고 아현은 점프를 했다. 카이저의 몸이 공중에 떴다가 요란한 소리와 바람을 일으키며 착지했다. 단단한 땅이었다. 아현은 그 땅을 딛고 당당히 서 있었다.

“앞으로는 그런 거 하기 전에 미리 말 좀 해 줄래?”

엉망이 된 머리를 하고 유 박사가 말했다.

점심을 먹을 때도, 자기 전에도, 다인과 이야기할 때도 아현은 카이지 생각이 났다. 격납고에서 하는 대부분의 일이 앉았다 일어서기, 팔을 뻗었다가 굽히기, 고개를 들었다가 수그리기 등 간단하고 반복적인 행동이었지만, 카이저의 플러그를 콘센트에 꽂을 때 느껴지는 감각은 익숙하면서도 늘 새로웠다. 아현은 카이저의 안에 있어야만 진정한 자신이 되는 것 같았다. 마치 사관학교에 다닐 때처럼.

며칠 뒤 아현이 간이 격납고에 들어서자, 처음 보는 사람이 유 박사와 함께 서 있었다. 유 박사보다 머리 하나는 큰 남자가 메카닉 조종용 슈트를 입고 유 박사의 설명을 듣는 중이었다. 남자는 아현과 눈이 마주쳤지만 본 체도 없이 유 박사와만 대화를 나눴다. 아현이 가까이 가서야 유 박사가 눈치채고 남자를 소개했다.

“네 데이터로 카이저를 조종할 고 대원이라고 해. 6년

전까지 전투 메카닉 조종사로 근무했어.”

“안녕하세요.”

아현이 인사를 건네자, 남자는 대꾸도 없이 자신의 턱을 만지작거리다가 말했다.

“저런 메카닉을 너 같은 애가 조종했다니, 정말 안 어울리는데?”

“저 같은 애가 뭔데요?”

아현이 묻자 남자의 눈썹이 꿈틀거렸다. 진한 눈썹이 꼭 변기 닦는 솔 같았다. 변기솔이 대답하기 전에 유 박사가 끼어들어 말했다.

“사이좋게 지내요. 두 사람 모두의 협조가 필요한 부분이니까.”

아현은 아무렇지 않게 손을 내밀었다. 변기솔은 아현의 손을 꽉 잡고 흔들었다. 아현은 손이 부서질 것 같았지만 참았다. 유 박사는 아무것도 모르고 옅은 미소를 지은 채 오늘의 일정을 설명하고 있었다.

아현과 변기솔은 날마다 몇 시간씩 번갈아 가며 카이저에 올랐다. 변기솔이 카이저에 오를 땐 신발 상자를 두 개 정도 쌓아 놓은 것 같은 검은색 직육면체가 플러그에 연결되었다. 유 박사는 그것이 아현의 전기 신호를 저장한 컴퓨터라고 했다. 그리고 변기솔이 슈트 위에 한 겹 더 입는 얇은 피막에서 변기솔의 근육 움직임을 분석해 보정하여 카이저로 전달할 거라고 했다. 아현은 유 박사의 설명을 알아듣기 힘들었지만, 옆에 변기솔이 있어 연신 고개를 끄덕였다.

변기솔은 영 협조적이지 않았다. 아현이 보기에 변기솔이 조종하는 카이저의 움직임은 전혀 자유로워 보이지 않았다. 간단한 동작인데도 그랬다. 유 박사는 아현의 데이터가 조금 더 누적되면 훨씬 나아질 거라고 했지만 아현은 답답했다. '카이저로 고작 저렇게 움직인다고?' 하지만 변기솔은 아현이 조종하는 카이저와 자신이 조종하는 카이저의 비교 영상을 보아도 별 감흥이 없어 보였다. "충분히 잘되는데요?" 말하기도 했다. 아현이 참지 못하고 "뭘 충분해요" 하고 말하자 그 눈썹만 또 굼실거렸다.

오늘은 결국 아현이 격납고 밖에서 변기솔을 붙잡았다. 변기솔은 아현의 손을 쳐내며 물었다.

"왜?"

평소보다 큰 변기술의 목소리에 아현은 옆에 유 박사가 없다는 걸 깨달았지만, 주저하지 않고 말했다.

“조종 영상 볼 때 좀 집중하시면 안 돼요? 제가 말씀드린 대로 카이저, 그러니까 메카닉 움직임 특성도 알아 두시면 도움이 될 거고요. 카이저는 어깨가…….”

“이봐. 내가 지금은 은퇴했지만, 전투 조종사로선 탑이었어. 그리고 지금은 신경 연결이 아니라 그런 거지. 이게 내 잘못이야?”

“잘못은 아니지만…….”

“박사도 말하잖아. 네 데이터가 좀 더 쌓이면 나아질 거라고. 지금 이럴 시간에 가서 데이터나 좀 더 쌓아 놓는 게 어때?”

아현은 변기술을 다시 한번 붙잡았다. “아씨”, 변기술이 아까보다 세게 아현을 떼어 내며 팔을 들어 올렸다. 그때 누군가 소리를 지르며 달려왔다. 아현과 변기술은 그쪽을 바라보았다. 송민이었다.

“뭐야? 무슨 일이야?”

송민이 양팔을 권투하듯 올리고 물었다. 변기술이 헛웃음을 터뜨리더니, 고개를 저으며 가 버렸다. 송민은 그 자세 그대로 서 있다가 변기솔이 시야에서 사라지자 팔을 내렸다. 그리고 헛기침을 했다. 아현이 물었다.

“네가 왜 거기서 나와? 어디서 보고 있던 거야?”

“……내가 널 보고 싶어서 왔겠냐?”

“어디서 튀어나왔냐니까 무슨 소리야?”

“어디서 맞고 다니는 건 아닌가 싶어서 와 본 거야. 누가 시켜서 너 잘하고 있나 슬쩍 보고 가려다가.”

“누가? 승주 언니?”

“선배도 있고…… 아, 몰라. 선배는 직접 와서 보지 왜 그러나 모르겠네.”

“언니가 내 얘기해? 뭐래? 어?”

“너도 궁금하면 직접 가서 물어봐. 넌 어쩌고 싶은데? 근데 나는 키드 뺏어가서 너 싫어.”

“뭘 어쩌고…… 근데 이제 와서 말인데, 넌 왜 그 큰 메카닉을 키드라고 부르냐.”

“메카닉 코드가 K로 시작하고, 그게 지금 나니까.”

송민이 당당하게 말했다. 그리고 아현에게 물었다.

“너야말로 왜 카이저야?”

“나도 코드가 K로 시작하고…….”

'그게 나였으니까…….' 아현은 뒷말을 마무리 짓지 못했다. 송민은 "사람 사는 거 다 똑같네", 중얼거리며 어딘가로 가 버렸다.

'뭘 어쩌고 싶냐고? 승주 언니랑 이야기해 보고 싶다. 그때 화가 솟구쳐서 언니를 붙잡지 않은 걸 후회한다고 말하고 싶다.'

아현은 눈을 꼭 감고 지금 하고 싶은 걸 하기로 했다. 아현에겐 승주가 필요했다.

아현은 핸드폰을 꺼내 승주에게 문자를 보냈다. 많이 화가 났냐고, 자기가 더 이상 보고 싶지 않냐고, 이야기를 나누고 싶다는 내용이었다.

9

아현은 슬픈 사람을 봐도 위로를 못 한다

오늘 아현에겐 우울한 일이 세 가지 있었다. 첫 번째는 거세진 비에 교복이 다 젖어 버려 다인의 짧은 체육복을 빌려 입었다는 것이었고, 두 번째는 승주에게선 아직까지도 아무런 연락이 없다는 것이었으며, 세 번째는 등교 후 유 박사로부터 오늘 일이 있으니 격납고에 오지 말라는 연락을 받은 것이었다. 유 박사가 그걸 담임에게도 이야기한 모양이었다. 평소처럼 조퇴를 하고 일찍 집에 들어가서 따뜻한 물에 샤워를 한 뒤 이불을 뒤집어쓰고 좀 누워 있을까 하던 아현의 바람은 손쉽게 접혀 버렸다.

"오늘은 왜 안 가는 거야?"

쉬는 시간에 다인이 물었다. 아현은 어깨를 으쓱했다. 아현도 알고 싶었다. 아현은 턱을 괴고 교실을 둘러보았다. 아현의 머릿속처럼 혼란스러웠다. 아이들은 각자 친한 무리와 어울려 떠들거나 교실 뒤편에서 실내화를 차 대고 있었다. 비 때문에 나가지 못한 지 오래되어 남아도는 체력을 그렇게 사용하고 있는 것 같았다.

창문을 때리듯 비는 쏟아지고 있었다. 오늘따라 남다르게 비가 내린다고 아현이 생각하고 있는데 천장에 달린 스피커에서 지직거리는 소리가 났다. 교실에서 오직 아현과 다인만 고개를 들어 올려 스피커를 쳐다봤다. 곧 벨이 울렸다. 훈련 상황에서 매일 들은 비상벨이었다. 아현이 반사적으로 벌떡 자리에서 일어났지만, 다른 아이들은 관심조차 없어 보였다. 심지어 다인조차도 "왜 그래", 아현에게 물었다. 아현은 자기가 모르는 훈련 소식이나 스피커 테스트 소식이 있었나 싶어 기억을 되짚었다. 그런 건 없었다고 아현이 결론지을 때쯤 교실 앞문이 벌컥 열렸다. 그제야 시끄럽던 아이들이 행동을 멈췄다. 담임이었다.

"너희 이 새끼들 비상벨 안 들려? 그런데도 이러고 있어? 어? 비상벨이 장난이야?"

이렇게 진심으로 화를 내는 담임의 모습은 처음이었다. 피곤에 절어 거무튀튀하던 얼굴이 새빨갰다. 다른 날 같았으면 '뭐야 왜 저래, 또 지랄이야' 하며 수군거렸을 아이들도 가만히 담임의 말에 집중했다.

"빨리 비상용 가방 꺼내고 각자 자리에 앉아. 훈련한 대로 좀만 더 심해지면 바로 대피소로 갈 거다."

아이들은 대피소 이야기가 나오자 후다닥 각자의 사물함에서 빨간색 재난 가방을 꺼내 자리에 앉았다. 아현과 다인도 마찬가지였다. 다인은 자리에 앉아 "아씨, 비스킷 다 먹었는데" 하고 중얼거렸다. 담임은 교실을 한번 둘러보고 뉴스를 틀었다. 교실 꼴과 다르게 단정한 스튜디오에서 담담한 표정의 앵커가 말했다.

"충청북도에 잇따른 폭우로 충주 댐의 수위가 급격하게 높아져……."

자료 화면으로 넘어간 뉴스는 곧 넘쳐 버릴 듯 넘실거리는 물을 보여 주었다. "할머니 집 근천데", 교탁 앞쪽에서 그런 소리가 들려왔다. 아이들이 웅성거렸다. 담임은 뉴스를 보면서 들으라며 칠판에 대피로를 그리기 시작했다. 머릿속에 학교 설계도가 들어 있는 듯 한 번의 망설임 없이 "실험 실습실 쪽이 막히면 교무실 쪽, 교무실 쪽이 막히면 컴퓨터실 쪽" 설명하며 화살표를 그었다.

"이에 정부는 경보를 발령하고, 우선 근처 충북 본부의 대원들과 메카닉에 출동 명령을 내렸습니다."

앵커의 목소리와 함께 뉴스 화면에 승주의 사진이 떴다. 머리를 단정하게 빗고 살짝 미소를 짓고 있는 증명사진이었다.

"승주 님이랑 송민이 가나 봐."

다인이 걱정스러운 목소리로 말했다.

"당연히 그렇겠지."

아현은 대답하고 다리를 떨기 시작했다. 막을 새도 없이 예전 생각이 솟구쳤다. 남부 대지진이 일어났을 때, 거기에서 봤던 장면들이 떠올랐다.

"왜 그래?"

다인이 걱정스레 물었다. 아현은 손톱을 물어뜯었다. 뉴스 장면은 다시 실시간 댐 화면으로 넘어가 있었다.

담임은 다시 한번 머릿속에 넣어 두라며 화살표를 그었다. 아이들이 술렁거렸다. 그때 아현의 핸드폰에 진동이 울렸다. 아현은 핸드폰을 꺼내 메시지를 확인했다.

'나 지금 출동해. 갔다 와서 보자. 기다리고 있어.'

승주였다. 아현은 자리에서 일어났다. 그리고 다인이 미처 손을 잡기 전에 교실을 뛰쳐나갔다. 어디 가냐고 소리치는 담임의 목소리가 들렸지만, 아현은 멈추지 않고 달렸다. 복도를 지나 학교 밖으로 나갔다. 비가 쏟아져 내려 금방 온몸이 젖었다. 그래도 아현은 망설이지 않았다.

뒷산 쪽으로 올라가자 흙이 비에 쓸려 내려오고 있었다. 아현은 입구를 막고 있는 출입 금지 팻말을 넘어서 예전에 승주와 앉았던 평평한 바위 쪽으로 올라갔다. 그러다 넘어져서 바지와 손에 온통 진흙이 묻었다. 아현은 바위 앞에 서서 격납고가 있는 쪽을 바라보았다. 비 때문에 제대로 보이는 게 없었다. 두 손을 눈썹 위에 대고 눈을 찡그리자 아주 작은 불빛이 격납고 쪽에서 나와 멀어지는 게 보이는 듯했다. 거기에 승주와 송민이 있을 것이다.

보일 리 없다는 걸 알지만 아현은 양팔을 흔들었다. 이렇게라도 배웅을 하고 싶었다. 승주가 출동하는 걸 보고 싶었다. 이야기하고 싶었다. 잘 다녀오라고.

불빛이 완전히 사라지고 난 뒤 아현은 산을 내려갔다. 신발은 이미 물과 진흙으로 가득 차 신으나 마나였다. 슬슬 추워지며 몸이 떨렸다. 이번엔 담임한테 뭐라고 변명하나 생각하며 내려가다가 아현은 발걸음을 멈췄다. 학교로 내려가는 입구가 막혀 있었다. 어디서 휩쓸려 내려왔는지 작은 나무와 표지판들이 쓰러져 입구를 완전히 막고 있었다. 아현은 당황해 다가가 보았지만 아현이 통과할 만한 틈은 없어 보였다. 설상가상으로 뒤쪽에도 흙이 쌓이고 있었다. '어떻게 해야 하지?' 핸드폰을 꺼냈지만 신호가 잡히지 않았다. 그때였다.

"오아현! 오아현! 대답해! 어디 있어!"

담임이었다.

"쌤, 저 여기요! 여기 있어요! 산 올라가는 입구요!"

아현이 소리를 질렀다. 곧 막힌 입구 너머로 인기척이 났다.

"여기야? 오아현 여기 있어?"

"네! 저 여기 있어요!"

"뒤로 물러나 있어."

담임의 말이 끝나기 무섭게 쿵, 쿵, 무언가로 쌓인 것들을 내려치는 소리가 났다. 아현은 깜짝 놀라 뒤로 멀찍이 물러났다. 잠시 후 장애물이 치워지며 드러난 건, 흠뻑 젖은 채 도끼를 들고 있는 담임의 모습이었다. 전에 담임의 차에서 본 그 도끼였다.

"빨리 나와."

담임이 아현에게 손짓했다.

아현과 담임은 학교로 향했다. 어느새 길 곳곳에 물이 가득 들어차 있었다. 담임은 아무 말도 하지 않았다. 하얗게 질린 담임의 얼굴이 낯설었다. 자세히 보니 손도 떨고 있었다. 미안한 마음에 아현은 떠오르는 말을 괜히 내뱉었다.

"쌤, 왜 도끼를 가지고 다녀요?"

아현의 물음에 담임은 원래의 표정으로 돌아왔다.

"이 상황에 그게 궁금하냐? 이런 일 있을까 봐 가지고 다닌……."

갑자기 담임이 앞서가던 아현의 팔을 잡아챘다. 아현이 놀라 비명을 질렀다. 담임이 말했다.

"그쪽은 땅이 꺼진 데가 있어서 위험하니까 좀 돌아가자."

물이 고여 보이지도 않는데 담임이 말했다. 아현은 그걸 어떻게 아냐고 물어보려다 입을 다물었다.

"갑자기 산에는 왜 올라간 거야? 어? 구호 조종사 준비하던 애가 지금 행동이 말이 되냐? 안전을 생각해야지. 목숨보다 귀한 건 없어! 알겠어?"

아현은 대답하지 않았다. 담임은 어휴, 한숨을 쉬었다. 학교 건물 안으로 들어왔을 때 다인이 아현에게 달려들었다. 다인은 아현의 등짝을 마구 때렸다.

"얼마나! 놀랐는지! 알아!"

"주다인 너는 또 왜 나와 있……. 아이고, 나 대신 그래, 더 때려라."

담임이 포기한 듯 말했다.

잠시 뒤 셋은 교실로 돌아왔다. 뉴스가 아직 나오고 있었다. 담임은 몇 번이고 반 아이들의 수를 확인했다. 다인이 다시 아현에게 달려들었다.

"너는 왜 너만 생각해!"

아현은 다인에게 사과하며 날아오는 손바닥을 피했다. 그렇게 한참 실랑이를 하는데 반 아이들이 헉, 숨을 들이켜는 소리가 들렸다. 다인도 느꼈는지 움직임을 멈췄다.

"속보입니다."

조용해진 교실에 앵커의 목소리가 또렷이 울렸다. 아현은 뉴스 화면으로 고개를 돌렸다. 화면에는 아까처럼 승주의 사진이 떠 있었다. 그리고 그 아래 자막으로 도무지 이해할 수 없는 말이 지나가고 있었다.

'구호 메카닉 조종사 백승주, 현장에서 사망.'

10

아현은 정곡을 찔리면 눈물이 나온다

아현은 학교에 아예 나가지 않았다. 다인에게 미안하다는 말만 남기고 핸드폰은 꺼 두었다. 밤을 새우거나, 잠깐 졸다 새벽에 일어나 격납고로 갔다. 격납고 문을 열고 카이저 옆에 앉아 있으면 곧 유 박사가 왔다. 유 박사는 일찍 나와 있는 아현을 보고도 아무런 말을 하지 않았다. 시간이 되면 아현은 카이저에 올라 조종을 했다. 생각만 같아선 하루 종일 카이저를 조종하고 싶었다.

변기솔은 계속 제멋대로 행동했지만 아현은 뭐라 하고픈 마음도 들지 않았다. 그렇게 며칠이 지나니 오히려 변기솔 쪽에서 아현에게 괜찮냐고 물어봤다. 아현은 모르겠다고 대답했다. 정말로 자신의 상태가 어떤지 알 수 없었다. 학교만 나가지 않을 뿐, 밥도 먹었다. 웃긴 걸 보면 웃기도 했다. 그러다가 자려고 누우면 잠이 오질 않았다. 승주가 왜 죽어야 했는지 생각했다. 댐이 왜 갈라졌어야 했는지. 왜 그 주변에 아직 대피하지 못한 민간인이 있어야 했는지. 승주는 어떻게 그 물살과 돌을 막으려고 했는지.

그렇게 며칠 밤을 지새우고 송민과 마주친 적이 있었다. 송민의 얼굴에서 뭔가 익숙한 것이 겹친다고 생각했는데, 담임의 얼굴이었다. 송민이 뭔가를 말하려고 입을 떼었을 때, 아현은 생각도 안 해 본 말을 뱉어 내고 있었다.

"너 때문이야."

"뭐?"

"내가 언니 옆에 있었으면 살릴 수 있었을 거야."

송민은 헛웃음을 터뜨렸다. 아현이 생각해도 과장이고 거짓이었다. 하지만 한번 뱉은 말은 진짜가 되어서 송민을 정말로 미워하게 만들었다. 아현이 씩씩거리고 있자 송민이 말했다.

"근데? 그래서 네가 거기 있었어?"

그리고 뒤돌아서 가 버리려던 송민이 멈춰서 다시 아현 쪽을 보고 말했다.

"앙헬 수리 끝나면, 내가 조종할 거야. 그러니까 네가 뺏어간 거 이제 필요 없다고. 그리고…… 핸드폰 좀 켜 놔. 나도 너 짜증 나는데 참고 있는 거야."

다음은 변기솔이었다. 변기솔에게 당신이 협조적이지 않아서 승주가 죽은 거라고 말하자 변기솔은 잠이나 좀 자라고 했다.

마지막으로 유 박사였다. 애초에 이런 걸 개발하려고 하지 않았으면 승주 언니가 죽지 않았을 거라고 했다. 유 박사는 아무런 표정 없이 유심히 아현을 살피다가 말했다.

"네 기분을 알아."

아현은 화가 났다. '지금 유 박사의 잘못을 이야기하고 있는데 왜 내 기분 이야기가 나오지?'

유 박사는 이어서 이야기했다.

"내 조카는 남부 지진 때 실종되었어. 개도 구호 메카닉 조종사였어."

아현은 기억을 떠올려 보았다. 지진 때 여진으로 많은 구조 대원과 구호 조종사가 죽거나 실종되었다. '그중 유 박사의 조카가 있다고?'

"나도 눈에 보이는 모두를 탓했지. 근데 결국 내가 탓하고 있는 건, 조카가 구호 조종사를 한다고 했을 때 그 애를 지지하고 지원했던 나 자신이더라고."

아현은 코끝이 매워졌다. 유 박사의 말이 맞았다. 지금 아현은 자신이 너무 싫었다. '애초에 내가 카이저를 다시 타고 싶어 하지 않았으면. 애초에 내가 승주 언니를 몰랐으면. 애초에 내가 사관 학교에 가지 않았으면.' 아현의 눈에 눈물이 고였다. 숨이 가빠졌다. 턱의 떨림이 곧 온몸으로 퍼졌다.

"다 울면 얘기 좀 하자."

유 박사는 자리를 피해 주었다.

"박사님은 승주 언니 싫어했어요?"

유 박사가 건네준 휴지로 눈물과 콧물을 닦으며 아현이 물었다. 둘은 나란히 의자를 두고 앉아 있었다.

"그냥 의견이 달랐던 거지. 내가 애를 싫어해서 뭐 하니. 딱히 아무런 감정도 없었어."

그렇게 말하는 유 박사가 너무 재수 없어서 참지 못하고 아현은 말했다.

"나쁜 어른이네요."

"그렇지. 좋은 이모는 되지 못했으니까."

유 박사는 상대가 할 말 없게 만드는 법을 너무 잘 알고 있는 것 같았다. 유 박사가 안경을 벗고 콧대를 꾹꾹 누르며 말했다.

"승주 조종사가 조종했던 메카닉이 곧 수리되어 돌아올 거야. 송민 조종사가 조종을 하게 될 거고."

"……알아요. 들었어요. 박사님은 앙헬에 대해서도 잘 알아요?"

"기종에 대한 거라면 대충은. 하지만 앙헬에 대한 거라면 네가 더 잘 알지 않을까?"

그때 격납고 문이 열리더니 변기솔이 들어왔다. 변기솔은 종이컵을 물고 천천히 걸어오다가 아현의 얼굴에 대고 손가락질하며 말했다.

"얼굴 부은 거 봐. 이제 좀 잤냐?"

"울었는데요."

변기솔이 당황하는 게 보였다. 유 박사가 옅게 미소 지었다. 아현이 따라 웃었다.

그 뒤로 아현은 유 박사와 이야기를 나누는 시간이 길어졌다. 유 박사가 아현을 어떻게 생각하든 상관없으니 이야기하기가 편했다. 그냥 인터넷 익명 게시판에 대고 말하는 기분이었다. 보호소 이야기도 거리낄 게 없었다. 그래도 유 박사와는 주로 승주에 대한 이야기를 했다. 아현이 알고 있는 승주와 유 박사가 말하는 승주가 차이 나는 게 재밌었다.

"저 승주 언니 죽일 뻔한 일이 있었어요."

"알아. 너에 대한 자료는 이미 다 찾아봤으니까."

"왜 카이저가 멋대로 움직인 걸까요?"

"글쎄. 내가 지금 가장 의심하는 건 신경 연결과 KSM-020에 탑재된 보정 시스템이지. 보정 시스템이 탑재된 기체는 신경 연결이 될 때 탑승자의 어떤 정보까지 저장하는 걸까? 정말 우리 눈에 보이는 움직임에 대한 데이터만 쌓이는 걸까? 다른 건? 몸속의 장기 움직임에 대한 건 어떨까? 심지어 네가 느끼는 감정에 대한 신호는? 반발성도 다 파악하지 못한 상태에서 거기까지 알긴 힘들지만, 난 그렇게 예상하고 있어. 기체에 쌓여 있던 너에 대한 정보들이 어떤 자극에 의해 발현되었다고."

아현은 가만히 서 있는 카이저를 올려다보았다. '저 안엔 무엇이 저장되어 있는 걸까.'

"그럼 변기…… 고 대원도 어떻게 될지 모르는 거 아니에요?"

"그 사람은 어른이잖아. 너희하고는 입장이 다르지. 너희를 보호해 줘야 할……."

아현은 인상을 찌푸리고 유 박사의 말을 잘랐다.

"왜 계속 보호해 준다고 하세요? 지금 메카닉을 실제로 조종하는 건 저희인데."

유 박사가 놀란 듯 눈썹을 치켜올렸다. 뭐에 놀란지는 알 수 없었지만 아현은 계속해서 말했다.

"어쨌든 쌓여 있던 제 정보들이 발현된 거라면, 카이저가 그렇게 폭력적으로 작동한 건 제가 보호소에서 나쁜 짓을 많이 해서겠죠? 그 영향이 크겠죠?"

"그건 모르겠고, 지금의 넌 승주 조종사의 영향을 더

많이 받은 것 같은데?"

"네?"

"둘이 똑같이 말하네, 아주."

'내가 무슨 말을 했더라?' 아현이 생각하고 있을 때였다. 격납고 천장에 빨간 불이 깜빡이기 시작했다. 그리고 곧 귀를 찢을 듯한 사이렌이 울렸다.

11

아현은 상상했던 상황이 닥치면 준비한 듯 행동한다

아현이 당황하고 있을 때 격납고로 변기솔이 뛰어 들어왔다. 유 박사도 당황한 눈치였다. 변기솔이 외쳤다.

“메카닉 지원이 필요하답니다! 제양고등학교 하부에 싱크홀이 발생했다고 합니다!”

아현은 심장이 멎는 기분이었다. 제양고등학교. 아현의 학교였다.

“지금? 송민 조종사는요?”

유 박사가 물었다. 아현은 생각했다. ‘건물에 싱크홀이 발생한 거면 학교 건물이 무너졌다는 건가? 다인이는 어떻게 되었지?’ 귀가 웅웅 울렸다. 아현은 주머니에서 핸드폰을 꺼내 켰다. 화면에 부재중 전화와 문자 목록이 주르륵 올라갔다. 발신자는 대부분 다인이었다. 아현은 입술을 물고 다인에게 전화를 걸었다. 신호음은 갔지만 받지 않았다. '제발 받아. 제발.'

그때 유 박사가 아현의 어깨를 잡고 흔들었다. 아현은 핸드폰을 떨어뜨렸다.

"들었어?"

"네? 네? 뭘요?"

"지금 출동해야 해. 송민 조종사는 앙헬 수속 절차 때문에 자리를 비운 상태야. 고 대원이 탑승하면 네가 보면서 조언을 해 줘야 해. 아직 개발 단계라 어쩔 수 없어."

카이저는 바로 이송 차량으로 옮겨 실렸고, 유 박사와 아현도 차량에 올랐다. 거기에선 적은 수의 대원들이 황급히 신체 강화 장치를 장착하고 있었다. 아현은 차량을 타고 이동하며 브리핑을 들었다. 갑작스레 발생한 싱크홀로 일부 인원이 땅속에 매립되었다는 것, 많은 양의 비가 지하수에 영향을 줬을 가능성이 높다는 것, 아직 사망자가 있는지는 확실하지 않으며 그래도 다행히 대부분은 대피를 했다는 것.

아현은 손톱을 물어뜯으며 생각했다. '담임이 있으니까 괜찮을 거야. 다인이도 다른 애들도 담임이 모두 대피시켰을 거야.'

"정신 차려. 너도 냉정해져야 해."

차량 안의 대원들과 유 박사, 아현은 무선 이어폰을 하나씩 지급받았다. 서로의 수신을 확인하고 사람들은 결연한 표정을 지었다.

학교는 완전히 난장판이었다. 학교 건물의 반이 사라져 보이지 않았다. 운동장에서 사람들이 피를 흘리며 누워 있었다. 대원 몇 명이 우선 그쪽으로 달려갔다. 아현은 운동장을 달리며 다인을 찾았다. 그때 아현을 부르는 목소리가 들렸다. 다인이었다. 아현은 달려가 다인을 안았다.

"다행이다……. 다행이야."

다인은 상처 하나 없이 멀쩡해 보였다. 다른 반 아이들도 마찬가지였다. 많이 놀란 것 같긴 했지만 몸 상태는 괜찮아 보였다. 그런데 담임이 보이지 않았다. 다인이 울먹이며 이야기했다.

"담임이 우리 다 밖으로 대피시키고 다른 사람들도 대피시켜야 한다면서 다시 건물 안으로 들어갔는데, 그때 무너졌어."

수송 차량의 문이 열리고 카이저가 나왔다.

"출동합니다."

귀에 꽂은 이어폰으로 변기솔의 목소리가 들렸다. 카이저가 천천히 구겨졌던 몸을 펴고 일어났다. 카이저는 망설임 없이 무너진 건물 쪽으로 다가갔다. 신체 강화 장치를 장착한 대원들도 카이저의 뒤를 따랐다. 변기솔이 조종하는 카이저는 마치 아현이 조종하는 것처럼 부드럽게 움직이고 있었다. 아현은 유 박사의 태블릿으로 카이저의 시야를 공유받았다. 카이저가 무너진 건물의 파편들을 들어냈고, 그 안으로 대원들이 들어갔다. 대원들은 곧 안에서 사람들을 데리고 올라왔다. 거기에 담임이 있었다. 아현은 안도의 한숨을 쉬며 그쪽으로 다가갔다. 담임은 대원에게 말하고 있었다.

"실험 실습실 쪽에도 사람이 있었어요. 아마 3층에 있던 사람들은 대부분 대피를 못 한 것 같아요. 저 안

쪽에도 소리가 들렸어요."

카이저는 계속해서 파편을 들어냈다. 몇 명의 사람이 더 밖으로 나왔다. 이어폰으로 한숨과 함께 구조 대원의 목소리가 들렸다.

"사망자 나왔습니다."

태블릿 화면에 피투성이인 시체를 든 구조 대원이 보였다. 아현은 눈을 찌푸렸다. 머리가 어지러워지는 걸 간신히 버티고 있는데, 갑자기 태블릿 화면이 요동쳤다. 고개를 들어 보니 카이저가 멀쩡한 쪽의 학교 건물을 부수고 있었다. 끼고 있는 이어폰으로 당황한 변기솔의 목소리가 들렸다.

"지금 메카닉 상태가 이상합니다."

다른 대원들도 당황한 목소리로 외쳤다.

"대원들도 위험할 수 있어요!"

"안에 추가 붕괴가 일어납니다!"

"저 탈출하겠습니다!"

변기솔의 목소리와 함께 카이저의 해치가 열렸다. 밖으로 뛰어내린 변기솔은 충격이 컸는지 바닥을 구르다가 미동 없이 엎드려 있었다.

하지만 카이저는 멈추지 않았다. 오히려 더 빨리 건물을 부수고, 파편을 던지고 있었다. 코앞까지 날아와 떨어지는 파편을 보며 아이들이 비명을 질렀다.

그때 뒤에서 쿵쿵, 소리가 들렸다. 돌아보니 앙헬이 달려오고 있었다. 앙헬이라면…….

“일단 제가 제압해 볼게요!”

이어폰에서 송민의 목소리가 들렸다. 앙헬이 달려들어 카이저의 목덜미를 붙잡았다. 하지만 카이저는 가볍게 풀더니 앙헬을 머리 위로 넘겨 내쳤다. 쓰러진 앙헬의 손에 카이저의 목 부위 장갑판이 들려 있었다.

“괜찮아?”

아현이 물었다.

“뭐야, 오아현이야? 너 다인이 봤어? 무사해?”

“야, 뒤에 봐, 뒤에!”

카이저가 앙헬의 발목을 붙잡으려고 하고 있었다. 앙헬은 재빠르게 일어나 거리를 벌렸다. 그리고 카이저 목에서 뜯어낸 장갑판을 손에서 던져 버렸다.

“대원들 일단 대피하세요. 제가 최대한 붙잡아 볼게요. 안에 누가 있는 거야? 키드야, 정신 좀 차려.”

송민의 말이 끝나기 무섭게 카이저가 앙헬의 허리를 낚아챘다. 바닥으로 메다꽂힌 송민의 비명이 들렸다. 아현이 말했다.

"카이저 오른쪽 어깨 부분이 덜 부드러워. 오른쪽 뒤를 노려 봐."

송민은 아현의 말대로 했다. 하지만 송민이 타고 있는 앙헬과 카이저는 체급 차이가 심했다. 앙헬은 다시 붙잡혀 던져졌다. 쿵, 땅을 울리는 소리가 났다. 무너진 건물이 더 무너지고 있었다.

"박사님, 어떡해요?"

아현이 물었다.

"동력을 끊어야 해. 데이터베이스에 무슨 오류가 발생한 거지? 이건 예측 범위 밖인데."

유 박사도 당황한 기색이 역력했다. '동력, 동력.' 아현은 기억을 되짚었다. 카이저 등에 부착된 배터리의 전류가 어느 쪽으로 흐르는지. 어디가 가장 노출되어 있는지. 카이저의 약점이라고 부를 만한 곳이 어딘지. 아까 앙헬이 던졌던 장갑판이 어떤 부위에 있던 것인지.

"아, 팔이 안 움직인다."

송민의 목소리가 들렸다. 누워서 움직이지 않는 앙헬을 두고 카이저는 다시 무너진 학교 쪽으로 가고 있었다. 아까 그 행동을 반복하면 매몰된 사람들을 더욱 구하기 힘들어질 것이었다. 다른 대원들은 지하에 있거나 사람들을 대피시키느라 바빴다. 그때 무언가 떠오른 아현이 담임이 있는 쪽으로 달려갔다. 담임은 다리를 절뚝거리며 다른 아이들을 대피시키고 있었다.

"쌤, 도끼! 도끼 어디 있어요?"

"뭐? 아현이 네가 지금 왜 여기……."

"지금 그게 중요한 게 아니잖아요. 도끼, 그 큰 도끼 어디 있어요?"

"내 차에……."

"열쇠 주세요! 빨리!"

담임은 먼지투성이인 바지를 뒤지더니 열쇠를 꺼냈다. 그리고 망설였다.

"쌤!"

"뭘 하려는 건지는 모르겠지만 안전한 거지?"

"……네!"

"정말이지?"

"네!"

"아현아. 믿는다."

담임이 열쇠를 건네주었다. 아현은 열쇠를 받자마자 주차장으로 달렸다. 담임의 자동차가 보였다. 아현은 거기서 도끼를 꺼내 카이저 쪽으로 갔다.

"오아현, 뭐 하는 거야?"

유 박사의 목소리가 들렸다. 아현은 무시하고 송민에게 말했다.

"송민, 너 일어날 수 있어?"

"팔 때문에 힘들 것 같은데."

"일어나, 빨리. 앙헬이면 일어날 수 있어. 하체 쪽이 무게중심이란 말이야. 카이저 조종할 때도 골반 움직임 훈련했잖아. 빨리 일어나!"

앙헬은 몇 번 움찔거리더니 간신히 일어났다. 카이저는 다시 건물을 무너뜨리기 시작하고 있었다.

"송민, 카이저를 강당 쪽으로 유인해 봐. 미덥지 못한 거 아는데, 한 번만 부탁할게. 카이저를 행동 불능 상태로 만들어야 해."

송민은 강당과 카이저를 번갈아 쳐다보다가 건물 파

편 하나를 발로 차 카이저를 맞혔다. 카이저가 충격에 휘청거리다가 앙헬 쪽을 바라봤다.

"송민! 강당!"

앙헬은 강당 쪽으로 달렸다. 팔이 움직이지 않으니 속력이 나질 않았다. 카이저도 앙헬을 따라 달리기 시작했다. 카이저가 더 빨랐다. 강당을 앞에 두고 앙헬이 거의 따라잡히려고 하고 있었다. 아현이 외쳤다.

"송민, 왼쪽으로 점프해!"

앙헬이 몸을 날렸다. 그와 동시에 몸을 날려 앙헬의 허리를 잡으려던 카이저는 그대로 강당에 처박혔다. 강당이 무너지며 요란한 소리가 울려 퍼지고 먼지가 피어올랐다. 아현은 그쪽으로 달려갔다.

아현은 먼지를 뚫고 카이저가 쓰러져 있는 쪽으로 걸어갔다. 카이저는 파편에 깔려 있었지만 아직 움직이고 있었다. 아마 시간이 조금만 더 지나면 파편을 스스로 치우고 다시 일어날 것 같았다. 아현은 도끼를 양손으로 그러쥐었다.

"야, 뭐 해? 설마 아니지? 그거 터져. 사관 학교에서 안 배웠어?"

송민의 다급한 목소리가 들렸다. 아현은 숨을 몰아 쉬고 고개를 돌려 앙헬을 보았다. 그리고 결심했다.

아현은 도끼를 머리 위로 치켜들었다. 그리고 버둥거리고 있는 카이저의 목 부분을 내리쳤다. 한 번. 카이저의 발버둥이 심해졌다. 장갑판이 제거되었는데도 내리친 부분은 그저 움푹 들어간 정도였다. '카이저, 나의 과거.' 두 번. 카이저의 안이 드러났다. '카이저. 내 모든 감정과 시간이 담긴 존재.' 세 번. '하지만 결국 넌 내가 아니야.' 아현의 손끝에서 무언가 끊어지는 게 느껴졌다.

카이저의 목에서 전류가 튀기 시작했다. 아현은 도끼를 놓고 주변을 살폈다. 그리고 가장 가까운 데 있는 커다란 돌무더기 뒤로 몸을 숨겼다. 잠시 뒤 쾅, 요란한 소리와 함께 아현은 머리에 충격을 느꼈다. 귀가 멍하고 앞이 보이지 않았다. 아현은 정신을 잃었다.

12
아현은 친구와 있으면 앞으로 걸을 수 있다

오랜만에 하늘이 갰다. 아현은 파란 하늘을 보는 게 너무 오랜만이라 한참이나 고개를 쳐들고 있었다. 얼굴 곳곳에 붙인 반창고 때문에 눈을 제대로 뜰 수 없었지만 마음이 트이는 기분이었다. 천천히 숨을 들이쉬었다 내뱉었다. 아직 축축한 땅 냄새가 났지만 전과는 다른 상쾌한 바람이 불고 있었다.

"아혀어언."

뒤에서 다인의 목소리가 들렸다. 아현은 돌아서서 손을 흔들려다가 멈칫했다. 우비를 벗고 하늘거리는 블라우스를 입은 다인의 옆에, '저게 뭐지?' 아현은 눈을 제대로 못 떠서 헛것이 보이나 생각했다. 쭈뼛거리면서 걸어오는 저것은…… 무슨 아빠 정장을 훔쳐 입은 것 같은 차림의 송민이었다.

"내가 머리도 다쳤나 봐. 헛게 보이는데."

아현이 말하자 다인이 히히, 멋쩍게 웃었다. 송민은 아저씨처럼 뒷짐을 지고 헛기침을 했다.

"혹시…… 둘이…… 아냐. 그치? 설마…… 아니지? 응?"

아현이 말을 더듬자 송민이 당당히 말했다.

"맞아. 우리 사귀어."

다인이 "내가 말한댔잖아" 하며 송민의 어깨를 찰싹 때렸다. 송민이 과장되게 아파하며 어깨를 손바닥으로 비볐다. 그러면서도 얼굴에 미소가 떠나지 않았다. '와', 아현은 생각했다. '진짜 꼴 보기 싫다.'

"진작 말하려고 했는데, 아현이 네가 아프고 그래서 좀 미루다가…… 더 미루면 안 될 것 같아서……."

"아니, 둘이 왜? 어쩌다가?"

"너 잠수 탔을 때, 어떻게 뭐 하고 있는지만 민이한테 봐 달라고 연락했다가……."

"그럼 애초에 번호 교환은 언제…… 아니야, 말하지

마. 알고 싶지 않아. 세상에."

아현은 뒤돌아 납골당으로 향했다. 납골당은 나무가 우거진 언덕 위 건물이었다. 꼭 학교 같다고 아현은 생각했다. 승주가 학교로 찾아왔을 때, 되도 않는 대답을 하고 도망갔던 일이 생각나 웃음이 나왔다. 다인이 달려와 아현에게 팔짱을 꼈다. 아현은 다인을 바라보았다. 이 복슬복슬한 머리를 자신이 아닌 송민이 쓰다듬는 상상을 하니 온몸에 소름이 끼치고 욕지기가 나왔다. 아현은 고개를 돌려 송민을 노려보았다. 송민은 다인의 뒤통수를 보며 흐뭇한 표정을 짓고 있다가 아현과 눈이 마주치자 표정이 굳었다.

"알지? 잘하자? 어?"

아현이 입 모양으로 말했다. 송민은 고개를 재빨리 끄덕였다.

언덕길 중간은 진흙으로 조금 지저분했다. 새 신발을 신은 다인은 난처해했다. 송민이 나서려고 할 때 아현이 등을 내밀었다.

"업어 줄게."

다인은 망설임 없이 아현의 목을 끌어안았다. 뒤에서

바지 밑단을 새신부처럼 올려 붙잡은 송민이 어떤 표정을 짓고 있을지 안 봐도 상상이 되었다. 아현의 등 뒤에서 다인이 말했다.

“이게 콘센트구나. 만져 봐도 돼?”

아현은 망설이다 고개를 끄덕였다. 조심스런 감촉이 느껴졌다. 오, 다인이 감탄사를 내뱉었다. 아현이 물었다.

“저 꼬맹이 건 아직 안 만져 봤나 봐?”

“뭐? 야! 아냐! 아직! 응? 내가 왜 만져 그걸. 어? 너 놀리지 마! 어?”

다인이 발버둥을 쳤다. “왜, 무슨 일이야”, 좀 뒤떨어진 듯 송민의 목소리가 멀리서 들렸다. 아무것도 아니라고 다인이 외쳤다. 아현은 웃다가 다시 물었다.

“너는 왜 나랑 친해지자고 생각했어?”

“애 같아서.”

“뭐?”

“계속 놀릴 궁리만 하는 게 애 같아서지 뭐야.”

다인은 좀 삐친 것 같았다. 아마도 진지한 대답은 못 듣겠다 싶었는데, 다인이 덧붙였다.

"왜가 어딨어 왜가. 넌 가끔 모든 것에 이유를 찾으려고 할 때가 있어."

납골당 건물 앞까지 올라와서 아현은 다인을 내려 주었다. 송민은 엉망이 된 바지 밑단을 울상이 된 채 내려다보고 있었다. 납골당 건물은 평범했다. 회색 대리석으로 마감한 건물 외관은 색 때문인지 축소시켜 놓은 격납고 같기도 했다.

"현충원 같은 데로 갈 줄 알았는데."

다인이 중얼거렸다. 아현이 말하려는데, 송민이 끼어들었다.

"유서가 있었대. 어디가 되었든 자기가 마지막으로 있던 곳과 가장 가까운 곳에 있게 해 달라고."

송민은 말하며 검지로 볼을 긁었다.

"덕분에 쉽게 찾아올 수 있잖아."

아현은 짧게 말하고 먼저 건물 안으로 들어갔다. 건물 안은 서늘했다. 아현은 주머니에 손을 넣었다. 두꺼운 판 조각 두 개가 만져졌다. 담임에게 부탁해 받아 온 것이었다.

무너진 학교는 휴교에 들어갔다. 인터넷 강의를 듣게 될 것이다, 근처 다른 학교로 가게 될 것이다, 말은 많았지만 딱히 정해진 건 없는 것 같았다. 아현은 학교로 가 보았지만 차단선이 둘린 학교에 들어갈 수 없었다. 거기에서 꼭 가져오고 싶은 것이 있었다. 혹시 몰라 담임에게 부탁했는데, 담임은 부탁을 들어주었다.

담임에게 그걸 전해 받았을 때, 아현의 머릿속엔 마대와 집게를 들고 무너진 건물 사이를 돌아다니는 담임의 모습이 떠올랐다. 아현은 진심으로 웃으며 담임에게 감사 인사를 했다.

셋은 승주가 있는 곳으로 갔다. 승주의 납골함은 송민의 눈높이에 있었다. 안에는 편지와 꽃, 승주가 방송에서 좋아한다고 말했던 간식이 잔뜩 채워져 있었다. 그리고 그것들에 둘러싸여 승주의 사진이 한 장 놓여 있었다.

킁, 다인이 코를 먹었다. 셋은 이제 뭘 하면 좋을지 모르는 사람처럼 어정쩡하게 서서 눈에 보이는 것 하나하나를 말하고 있었다. '편지가 있네.' '그러게, 조화들도 있네.' '저건 과자네.' 결국 분위기를 바꾼 건 송민이었다.

“여기까지 왔는데 선배님께 한마디씩 할까?”

나쁜 의견은 아닌 것 같아서 아현은 잠자코 있었다. 하지만 먼저 시작하는 사람은 없었다. 서로 눈치를 보다가 누가 시작했달 것도 없이 셋은 가위바위보를 했다. 다인이 첫 번째, 아현이 두 번째, 송민이 마지막으로 순서가 정해졌다. 다인은 “어……” 오래 고민하더니 결국 입을 열었다.

“안녕하세요. 제가 제일 먼저 말해도 되는지 모르겠어요. 저는 둘에 비하면 그냥 팬일 뿐이라서요. 승주님, 일단 아현이랑 민이 선배로서 잘 이끌어 주셔서 감사합니다. 그 덕을 제가 다 보고 있는 것 같아요. 정말 감사합니다. 이 말밖에 할 수 있는 게 없네요. 진짜 정말로 팬이었습니다. 앞으로도 팬일 겁니다.”

다인은 얼굴을 붉히며 아현의 팔을 잡아끌었다. 아현은 어정쩡하게 선 채로 말을 시작했다.

“언니, 안녕. 일단은…… 보고 싶어. 진짜 정말로. 이야기를 할 수 있으면 좋겠어. 음…… 가만히 서서 이야기하는 거 말고. 예전처럼 달리면서 이야기를 하고 싶어. 오늘같이 날이 좋을 때 바람을 맞으면서 달리다가 끝나고 같이 맛있는 걸 먹으러 가고 싶어. 언니, 내가 여태 말한 것보다 훨씬 더 고마웠어. 언니가 없었으면 아마 나는 정말 이상하고 못난 사람이 되어 있었을지도 몰라. 아, 그리고…… 다인이랑 송민이랑 사귄대. 웃기지?"

아현이 말이 끝나기 무섭게 송민이 바로 시작했다.

"선배님. 선배님의 지도 감사했습니다. 선배님의 메카닉 앙헬을 타고 선배님의 몫까지 최선을 다하겠습니다. 감사합니다."

"……끝이야?"

다인이 물었다. 송민은 뭐가 잘못되었냐는 표정을 지었다. 다인이 절레절레 고개를 젓자 송민은 안절부절못했다. 아현이 농담을 던졌다.

"앙헬을 키드 같은 이름으로 부르는 거 아니지?"

송민이 표정을 굳히고 진지하게 대답했다.

"어떻게 그래."

아현도 웃음을 멈추고 다시 승주의 사진을 바라봤다. 승주는 해맑게 웃고 있었다. '맞아, 어떻게 그러겠어.

어떻게 언니가 남기고 간 걸 하나라도 지울 수 있겠어.'

"둘 먼저 갈래? 나 조금만 더 있다 갈게."

둘이 나가고 아현은 승주의 납골함을 열었다. 그리고 주머니에서 그걸 하나 꺼냈다.

가장자리가 그을린 카이저의 조각. 폭발 후 남은 카이저의 마지막 잔해였다.

아현은 함에 조각을 넣고 생각했다. '언니도 거기서 날 이 정도만 기억하고 있어.' 아현은 주머니에 남은 하나를 만졌다. '나도 이제 이 정도만 간직할게.'

아현은 밖으로 나갔다. 나무 그늘 아래서 다인과 송민이 이야기를 나누다가 아현을 발견하고 손을 흔들었다. 아현도 손을 흔들며 그쪽으로 한 걸음을 걸었다. 그리고 다음 걸음을 내디뎠다.

작가의 말

옛날에 로봇을 많이 가지고 놀았습니다. 학교 앞 문방구에서 조악한 프라모델을 사서 조립을 하기도 했고요. 뽑기를 돌려 변신하는 로봇들을 모으기도 했습니다. 즐겨 보던 만화 영화들도 세계를 구하기 위해 애쓰는 로봇에 대한 것들이 많았습니다.

소설을 쓰고자 미래 기술을 상상하다 보니 결국 제가 도착한 곳은 과거였습니다. 그렇게 과거를 헤집고 다니다 예상치 못하게 케케묵은 감정들에 사로잡히기도 했습니다. 그래서 후회와 그 지근거리에 있는 감정에 관한 이야기를 해야겠다, 생각하고 키보드를 두드렸습니다. 『아현의 작동 방식』은 그렇게 쓰인 글입니다.

저는 후회를 많이 하는 타입입니다. 예상하셨을 수도 있겠지만 MBTI가 INFP입니다. 제가 다리 힘이 조금만 좋았어도 밤에 남아나는 이불이 없었을 겁니다. 그 정도로 실수하면 금방 잊어버리지 못합니다. 그 실수를 좀 더 곱씹다 보면 실수가 아닌 것들도 끌려들어 와 같이 씹히고, 그러다 보면 뜬눈으로 밤을 새워 고민한 결과가 '결국 태어난 것부터 잘못되었다'는 극단적인 생각으로 치닫습니다. 그것에 저는 익숙한 사람입니다.

'이런 점은 잘못한 것 같아. 다음엔 고쳐야지'에서 생각이 끝나고, 행동하는 사람들이 부럽습니다. 그런 사람들 옆에 있으면 제가 무능력하게 느껴지고, 그렇게 하지 못한 것들에 대해 다시 후회합니다. 어떻게 해야 할까요?

그래서 저와는 다른 선택을 할 인물들을 만들어 보고 싶었습니다. 마냥 후회와 무기력함에 빠져 있지 않은 사람들을 대리 만족으로 만들어 냈습니다.

그런데 쓰다 보니 후회를 곱씹는 사람이 나쁘지 않게 느껴졌습니다. 바로 행동하는 사람도 있겠지만, 결국 곱씹는 사람의 끝에도 행동이 따라오게 되니까요. 그렇게 결국 침대를 벗어나 일어나는 순간이 있다면 후회한 시간의 길이에 좋음과 나쁨은 없고 개인차만 있다고 생각하게 되었습니다. MBTI에 우열이 없는 것처럼요.

끝으로 많은 인내심을 가져 주신 씨드북과 전예슬 편집자님께 죄송함과 감사함을 올립니다.

그리고 제 글을 한 글자라도 읽어 주신 모든 분께 감사드립니다. 덕분에 조금 후회를 덜 하며 살아가고 있습니다.

그럼, 모두 신체적으로 정신적으로 건강하시길.

새해의 기분이 아직 남아 있을 때,

박한선 올림

아현의 작동 방식

초판 인쇄 2024년 2월 26일 **초판 발행** 2024년 2월 26일

지은이 박한선

펴낸이 남영하 **편집** 전예슬 김주연 김가원 **디자인** 박규리 **마케팅** 김영호 변수현

펴낸곳 ㈜씨드북 **주소** 03149 서울시 종로구 인사동7길 33 남도빌딩 3F **전화** 02) 739-1666 **팩스** 0303) 0947-4884

홈페이지 www.seedbook.co.kr **전자우편** seedbook009@naver.com **인스타그램** instagram.com/seedbook_publisher

ISBN 979-11-6051-600-5 (43810)

ⓒ 박한선, 2024

이 책은 저작권법에 따라 보호받는 저작물이므로 무단 전재와 무단 복제를 금지하며,

이 책 내용의 전부 또는 일부를 이용하려면 반드시 저작권자와 ㈜씨드북의 서면 동의를 받아야 합니다.

● 책값은 뒤표지에 있어요. ● 잘못 만들어진 책은 구입하신 서점에서 바꾸어 드려요.

● 씨드북은 독자들을 생각하며 책을 만들어요.